U0109403

古典詩歌研究彙刊

第三十輯

龔鵬程 主編

第 7 冊

毛奇齡詩學研究（上）

滿 忠 訓 著

國家圖書館出版品預行編目資料

毛奇齡詩學研究（上）／滿忠訓 著 -- 初版 -- 新北市：花木
蘭文化事業有限公司，2021〔民 110〕
目 2+150 面；17×24 公分
（古典詩歌研究彙刊 第三十輯；第 7 冊）
ISBN 978-986-518-545-9（精裝）
1.（清）毛奇齡 2. 學術思想 3. 詩學 4. 詩評
820.9   110011272

ISBN-978-986-518-545-9

9 789865 185459

古典詩歌研究彙刊
第三十輯 第 七 冊　　　　ISBN：978-986-518-545-9

毛奇齡詩學研究(上)

作　　者	滿忠訓
主　　編	龔鵬程
總 編 輯	杜潔祥
副總編輯	楊嘉樂
編　　輯	許郁翎、張雅淋、潘玟靜　美術編輯　陳逸婷
出　　版	花木蘭文化事業有限公司
發 行 人	高小娟
聯絡地址	235 新北市中和區中安街七二號十三樓
	電話：02-2923-1455／傳真：02-2923-1452
網　　址	http://www.huamulan.tw 信箱 service@huamulans.com
印　　刷	普羅文化出版廣告事業
初　　版	2021 年 9 月
全書字數	228938 字
定　　價	第三十輯共 8 冊（精裝）新台幣 15,000 元

毛奇齡詩學研究（上）

滿忠訓 著

作者簡介

滿忠訓，1984 年 2 月生，山東微山人，文學博士，講師。在山東聊城大學中文系漢語言文學專業獲文學學士學位。碩士就讀於暨南大學文學院中國古代文學專業，研究方向是元明清文學，導師是魏中林教授。博士就讀於暨南大學文學院中國古代文學專業，師從魏中林教授。現任職於華南農業大學人文與法學學院中文系，講授中國文學史、唐詩宋詞等課程。已發表《論遺民詩人吳嘉紀友情詩的「冷」與「熱」》、《名士習性與明末清初女性詩歌》等論文。

提　　要

　　在中國學術史的發展歷程中，經學作為中華文化的重要支柱，潛移默化地影響著中國社會包括目不識丁在內社會不同階層的思想和行為。而明末清初，自顧炎武提出「理學即經學」的觀點以來，經學由明代空疏之學逐漸內轉，轉為注重實學考證。在這一轉變的過程之中，毛奇齡起著摧陷廓清的重要作用。以往的研究往往比較注意毛奇齡的經學成就，而有意無意地忽略其文學特別是詩學成就。本文以毛奇齡的詩學研究作為論題，力圖通過梳理毛奇齡的生平，考證其文學活動及重要的文學著作，力圖揭示毛奇齡在清初唐宋詩之爭的詩學地位、論證其與明末清初女性詩人群體的關係，力圖揭示毛奇齡在博學鴻儒科中文人的微妙心態以及博學鴻儒科對其詩歌創作的影響，通過《詩經》學揭示毛奇齡在經學與文學之間的自由穿梭。

　　本文在結構上分為 7 個部分，第一部分為緒說，主要是針對毛奇齡詩學研究的現狀、研究的內容與方法進行概括性的陳述。正文的第一章重點論述毛奇齡的生平，對毛奇齡生平的關鍵節點逐一考證，重點梳理毛奇齡的文學活動，對其重要的文學著作考釋，為下文的相關章節的論述做一鋪墊。第二章是毛奇齡的詩歌創作部分，主要針對毛奇齡的詩歌創作的主題內容與風格特徵展開討論。第三章則是論述毛奇齡與唐宋詩之爭。毛奇齡在清初宗宋詩風中展開對宋詩的批評。其唐詩觀早年與晚年有明顯的變化，從詩歌選本《越郡詩選》到詩歌選本《唐七律選》恰好體現了這種變化。第四章是毛奇齡與明末清初女性詩人群關係問題。毛奇齡詩歌評點與唱和等方式與女性詩人交流，其招收女弟子徐昭華的範式是毛奇齡與女性詩人群體聯繫的另外一種方式。而交流和溝通的背後存在名士毛奇齡的態度和心態問題，第五章探討康熙博學鴻儒科與毛奇齡的文人心態，探討其文學心態具有一定的典型意義。通過比較毛奇齡在應召博學鴻儒科前後心態的變化，力圖揭示毛奇齡在明史館的修史心態和學術心態以及博學鴻儒科對其詩歌創作的影響。第六章則是探討毛奇齡與《詩經》學的關係，《詩經》學在某種意義上是經學，但是其文本卻有文學的性質。毛奇齡作為文人，雖然關注《詩經》學往往在經學部分，但是文人解詩也是時常有之，以往對於詩經學的研究往往關注毛奇齡對於《詩經》學的考證方面，對於毛奇齡的文學方式解經卻較少關注，本文力圖在這一方面予以深入開掘。

毛奇齡像

毛奇齡像（葉衍蘭、葉恭綽《清代學者像傳合集》）

毛奇齡《山村漁隱圖》（題識：蘇門送友還里為介夫年世兄，奇齡，七四
叟。鈐印：毛氏奇齡、大可、自怡齋主。葉恭綽藏。該圖取自於微信公眾
平臺「展玩」所載《見證中華文明 2241 年！失傳已久的秦始皇時代重器，
葉恭綽秘藏震撼現世》的文章。）

目

次

緒　說

　　毛奇齡，字大可，號西河，人稱西河先生，浙江蕭山人。生於明熹宗天啟三年（1623），卒於清康熙五十五年（1716）。毛奇齡的字、號極多，梁章矩《浪跡三談》云：「近人之多字，無如毛西河先生。按先生名奇齡，又名甡。字兩生，又字大可，又字齊於，又字於，又字初晴，又字晚晴，又字老晴，又字秋晴，又字春遲，又字春莊，又字僧彌，又字僧開，皆雜見集中。其取義有不甚可解者，今人但稱為西河先生而已。西河者，其郡望，非字也。」〔註1〕毛奇齡在清初著作宏富，所謂：「奇齡著述之富，甲於近代。」〔註2〕《四庫全書》收錄毛奇齡的著作最多，其中收錄二十八種，列入存目三十五種，共計六十三種。清嘉慶蕭山陸凝瑞堂刊刻的《毛西河先生全集》收錄經集合五十一種，二百三十六卷，文集合六十六卷，共兩百五十七卷。這還不包括《夏歌集》、《瀨中集》、《當樓集》、《鴻路堂詩鈔》、《西河文選》、《兼本雜錄》、《還町雜錄》、《桂枝集》、《越郡詩選》、《古今通韻》諸舊刻著作。

　　毛奇齡在經學、史學、文學、音韻學、繪畫、書法等多個方面取得了令人矚目的成就。經學方面，奇齡為清初漢學復興的提倡者，毛氏

〔註1〕　（清）梁章鉅撰；陳鐵民點校，浪跡叢談・續談・三談〔M〕，北京：中華書局，1981：451。
〔註2〕　（清）永鎔等，四庫全書總目〔M〕，北京：中華書局，1965：1524。

說經喜引漢說，又不佞於漢，其經說有否定傳統的特質。毛奇齡強調注經的實證性和客觀性，強調「以經注經」，毛奇齡在清初學術由空疏向實學的轉變過程中起著摧陷廓清之功。史學方面，毛奇齡的歷史文字記載成為記錄清初歷史的珍貴文獻，如《制科雜錄》等成為研究康熙朝博學鴻儒科的重要文獻。他參與《明史》修撰，擬弘治、正德朝紀、傳及諸雜傳兩百多篇。在文學創作及批評方面，奇齡之文「縱橫博辨，傲睨一世，與其經說相表裏，不古不今，自成一格，不可以繩尺求之」〔註3〕；奇齡之詩「其詩又次於文，不免傷於猥雜，而要亦我用我法，不屑隨人步趨者，以餘事觀之可矣」〔註4〕。四庫館臣雖認為西河詩有猥雜部分，這主要是指西河詩有不少酬答之作，但整體上對毛奇齡詩文予以正面評價，認為其詩文的獨創性較高。此外毛氏還著有《西河詩話》、《西河詞話》等，「他的詩論彷彿都是與人辯論的記錄，隨處可見其好鬥的姿態和帶有火藥味的激烈批判，因而較多地保留了當時的詩學語境。這一特徵使他成為與詩壇風氣關係最密切的一位詩人」〔註5〕，「毛奇齡確實是個有想法的批評家，常憑悟性觸及一些有意思的理論問題」〔註6〕。毛氏對《詩經》的文學闡釋有獨到的見解，強調因文求義。在音韻學方面，著有《古今通韻》，「《古今通韻》很可能曾一度被列為清朝官韻的重要候選對象」〔註7〕。在書法與繪畫方面，馬金伯《國朝畫識》引《圖繪寶鑒續纂》云：「（毛奇齡）工書法，尤善畫，妙得天趣，意到筆隨，但稍自矜，惜不多作，得者爭寶之。」〔註8〕

〔註3〕（清）永瑢等，四庫全書總目〔M〕，北京：中華書局，1965：1524。
〔註4〕（清）永瑢等，四庫全書總目〔M〕，北京：中華書局，1965：1524。
〔註5〕蔣寅著，清代詩學史·第1卷〔M〕，北京：中國社會科學出版社，2012：547。
〔註6〕蔣寅著，清代詩學史·第1卷〔M〕，北京：中國社會科學出版社，2012：552。
〔註7〕（日）平田昌司著，文化制度和漢語史〔M〕，北京大學出版社，2016：219。
〔註8〕（清）馬金伯，國朝畫識〔M〕//周駿富輯，清代傳記叢刊71，明文書局，1985：539。

　　但毛奇齡好臧否人物，標新立異，喜與人爭論辯駁，甚至一語不合，惡語相向，與當時諸多文人結怨。加之其應召康熙朝博學鴻儒科，主動向清廷靠攏，人品也被人加以懷疑，以致於身後受到全祖望、章太炎等人惡語相評。全祖望云：「檢討（毛奇齡）不過避禍，遂盡忘平日感恩知己之舊，斯苟稍有人心者，必不肯為，而由此昌言古今忠臣原不死節。夫負君棄國，與夫背師賣友，本出一致。」〔註9〕迨之近代，章太炎等出於排滿立場需要對毛氏更是嚴加批評，如在評價清代吳、皖兩個學派時云：「吳派之起，蓋以宋學既不足尚，而力攻宋學，如毛奇齡輩，其謬戾又甚焉。」〔註10〕如此惡評顯然有一定的社會文化背景和個人喜好因素，但毛奇齡的經學成就卻因為後世的諸多攻訐而被掩蓋與忽略了。而「乾嘉學者一般都研讀其書，或暗襲其說，而對他的評價卻持審慎的態度。」〔註11〕當然，也有近代學人對於毛奇齡學術評價問題做了翻案文章。如李慈銘即為有代表性的一位，但影響卻值得懷疑。建國以來，對於毛奇齡的學術及學術史的影響研究較多，較為重要的論文與論著：陳德述《試論毛奇齡的經學思想》（《社會科學研究》，1987年第4期）、陳德述《試論毛奇齡的反宋學思想》（《社會科學輯刊》，1987年第5期）、雷慶《清代著名學人毛奇齡》（《松遼學刊》，1990年第3期）、陳祖武《毛奇齡與清初經學》（《清初學術思辨錄》，中國社會科學出版社，1992年）、黃愛平《毛奇齡與明末清初的學術》（《清史研究》，1996年第4期）、杜明德《毛西河及其周禮學研究》（臺灣高雄師範大學國文所1994年碩士論文）、鄭吉雄《全祖望論毛奇齡》（《臺大中文學報》，1995年第7期）、杜明德《毛西河及其昏禮、喪禮學研究》（臺灣高雄師範大學國文所1998年博士論文）、陳居淵《毛奇齡與乾嘉經學典範的重塑》（《浙江學刊》，2002年第3期）、陳逢源《毛

〔註9〕　（清）全祖望，蕭山毛檢討別傳〔M〕//（清）全祖望撰；朱鑄禹匯校集注，全祖望集匯校集注，上海：上海古籍出版社，2018：1434。

〔註10〕　支偉成著，清代樸學大師列傳・上〔M〕，長沙：嶽麓書社，1986：49。

〔註11〕　陳居淵，毛奇齡與乾嘉經學典範的重塑〔J〕，浙江學刊，2002，（第3期）。

西河及其〈春秋學〉之研究》（臺北花木蘭文化出版社，2009 年版）、閆寶明《毛奇齡與朱子學》（南開大學 2009 年博士論文）、陳逢源《毛西河四書學之研究》（臺北花木蘭文化出版社，2010 年版）、周懷文《毛奇齡研究》（山東大學 2010 年博士論文。案：周氏此文雖冠以《毛奇齡研究》，但其研究的範圍侷限於毛奇齡家世與生平、著述考、經學著作檢討（以《詩》學為中心）、經學研究方法與學風等，視角仍舊是毛奇齡的經學思想與成就。對於毛奇齡的文學成就尤其是詩學成績幾乎沒有涉及）、蕭雅俐《毛奇齡〈仲氏易〉研究》（臺灣淡江大學中國文學學系 2006 年碩士論文）、田智忠《毛奇齡〈太極圖遺義〉考辨》（《周易研究》，2009 年第 3 期）、胡春麗《毛奇齡與清初四書學》（復旦大學 2010 年博士論文）、崔麗麗《毛奇齡易學研究》（山東大學 2010 年博士論文）、于梅舫《從王學護法到漢學開山——毛奇齡學說形象遞變與近代學術演進》（中山大學學報（社會科學版），2014 年第 1 期）。以上論著或論文對毛奇齡的經學成就予以闡釋及論證，總的說來對毛奇齡清初倡導實學，即對由明代空疏之學到乾嘉考證之學轉變過程中的摧陷廓清之功，持肯定態度。

　　具體到毛奇齡的文學研究，毛奇齡的文學研究可分為四個階段：

　　一是清初至晚清，毛奇齡文學研究的初始階段。在這一階段，對於毛奇齡的文學成就，多隻言片語，多數學人認為毛奇齡的詩文成就較高。如施閏章《毛子傳》云：「負才任達，善詩歌樂府填詞……率託之美人香草，以寫其騷激之意，纏綿綺麗；小詞雜曲，亦復縱橫跌宕。按節而歌，使人淒悅。」〔註12〕李天馥在《西河合集領詞》云：「其詩其文，皆足上越唐宋，而下掩後來。間嘗以其詩比之少陵，以其所為文擬之吏部，覺少陵與吏部俱無以過。」〔註13〕不無諛詞。此外盛唐《西河先生傳》、全祖望《蕭山毛檢討別傳》、《四庫全書總目提要》、阮元

〔註12〕　（清）施閏章撰，施愚山集・1〔M〕，合肥：黃山書社，2014：347。
〔註13〕　（清）毛奇齡，毛西河先生全集・領詞〔M〕，清嘉慶蕭山陸凝瑞堂刊本。

《西河合集序》、《全浙詩話》卷四十二、《全清詩鈔》卷五、張維屏《國朝詩人徵略初編》卷一〇、錢林輯、王藻編《文獻徵存錄》卷一、沈德潛《清詩別裁集》卷十一。他們分別就其文學成就加以評價，或正或反，或揄揚或批判，隻言片語，很難稱得上真正研究，但因時代相近，批評不無肯綮之論。

　　二是清末民國至 1949 年，這是毛奇齡文學研究延續階段。在這一時期章太炎、劉師培、梁啟超、胡適、錢穆等一批學者先後運用歷史進化論和近代實證史學的方法對清代學術進行研究，但對毛奇齡文學研究尤其是詩學研究較少。章太炎云：「其實毛本文士，絕不知經，偶一持論，荒誕立見。」〔註 14〕強調毛的文人身份，正如梁啟超所謂毛奇齡經學「半路出家」。但他們的論調基本上很難逃脫全祖望的窠臼。因而這一時期也沒有較深入的研究，仍舊是隻言片語的批評。

　　三為建國後到二十世紀末，這為毛奇齡文學研究的消沉期。這一時期的研究大部分集中在幾篇文章裏，鄧之誠在《清初紀事初編》云：「思路綿邈，非人意嚮所及。文筆恣肆，窮極深微，皆能發洩無餘，使成光采。惟時地人物，不免顛倒。用字不經，頗費解索。題目鄙俚，至為袁枚輩所譏，然不能掩其文之雄也。」〔註 15〕這時期毛奇齡的大部分著述也得到了影印出版，《續修四庫全書》、《四庫禁燬書叢刊》、《四庫未收書輯刊》、《四庫全書存目叢書》、《叢書集成初編》及《續編》等均收錄有毛奇齡的著作。

　　四是二十一世紀以來，毛奇齡文學研究的發展階段。這一時期專門針對毛奇齡文學成就及經學成就做深入研究的學人開始增多，毛奇齡詩經學的研究的學位論文就有多篇，只是視角大多集中的經學領域。此時期較為重要的有：蔣寅《清初錢塘詩人和毛奇齡的詩學傾向》（《湖南社會科學》，2008 年第 5 期。）、薛立芳《毛奇齡「詩」學研究》（北京師範大學博士論文 2008 年。案：薛立芳的博士論文集中經

〔註 14〕支偉成著，清代樸學大師列傳‧上〔M〕，長沙：嶽麓書社，1986：2。
〔註 15〕鄧之誠，清詩紀事初編‧下〔M〕，上海：上海古籍出版社，1965：831。

學研究，雖然也有「文學視角下的《詩三百》研究」等專題研究，但整體上還是傾向於毛奇齡詩經學的「經學」屬性的相關研究）、張立敏《馮溥與康熙京師詩壇》（中國社會科學院研究生院博士論文 2009 年，案：這篇論文第六章《毛奇齡：堅定的呼應者》，作者「力圖考索毛奇齡一生的詩學活動大致線索，在此基礎上著重探究毛奇齡詩學活動中變化的因素，以期展示康熙年間文人生存狀態、心態以及詩歌變化滄海一粟；通過毛奇齡的個案，揭示以博學鴻詞為代表性事件的康熙十七年開始推行的文治對文人及詩壇的影響，文治活動中馮溥的作用，以及聖祖文治的歷史過程與社會意義」〔註16〕。此文的觀點對本文的寫作有一定的啟發作用。）、洪楷萱《毛奇齡詩經學研究》（臺北市立教育大學中國語文學系 2009 年碩士論文）、李克《毛奇齡批本〈西廂記〉新探》（《遼東學院學報》，2014 年，第 16 卷，第 1 期）、張曉蘭《毛奇齡連廂詞例及〈擬連廂詞考〉》（《淮海工學院學報》，2010 年，第 8 卷，第 1 期）、梁梅《毛奇齡試律詩理論及影響》（《湖北社會科學》，2016 年，第 10 期。案：梁梅著有《清代試律詩研究》（中國社會科學出版社 2019 年版），有專節《毛奇齡試律詩學理論及影響》，內容上大同小異。）、楊緒容《毛奇齡評點〈西廂記〉的敘事論》（上海大學學報（社會科學版）、2016）、楊緒容《毛奇齡評點〈西廂記〉的「心學」意蘊》（《杭州師範大學學報（社會科學版），2017 年，第 6 期）。此外，蔣寅在《清代詩學史》（第二卷）第二章《紀昀與試帖詩學的勃興》中也提到了毛奇齡，認為「毛奇齡《唐人試帖》作為試帖詩研究的發軔之作，後人嫌其『詳於論詩而略於疏義』，初學之士每苦於不得頭緒」〔註 17〕。這些論文或觀點具有一定的深度和拓展性，對於本文的寫作都具有啟發的意義。

〔註16〕張立敏，馮溥與康熙京師詩壇〔D〕，中國社會科學院研究生院，2009：104。

〔註17〕蔣寅著，清代詩學史・第 2 卷〔M〕，北京：中國社會科學出版社，2019：182。

　　總的說來，毛奇齡的文學研究尤其是詩學研究目前看來還不夠全面和系統，無論微觀和宏觀上都還有進一步系統深入研究的必要。其一、毛奇齡的生平部分還需要進一步考訂，雖然諸多研究對於毛奇齡的生平進行了梳理。但是在個別地方還不夠細緻，有些地方闕如待考。比如毛奇齡提到的「王自超事件」，比如全祖望提到的「叛師」事件，比如毛奇齡的「高笠師」事件。本文仔細梳理相關文獻諸如上海圖書館藏《蕭山毛氏宗譜》、上海圖書館藏《越郡詩選》、天一閣藏《越郡詩選》、中國國家圖書館藏《續表忠記》、哈佛燕京圖書館藏《續表忠記》等等，對於毛奇齡生平的關鍵點，進行了一一梳理，以期獲得一個更為全面的毛奇齡。其二、毛奇齡的文學活動和重要的文學著作目前為止還沒有學者全面的論述。其文學活動是貫穿毛氏一生，雖然毛奇齡後期以經學考證為主要任務。但不可否認的是，他本人就是一個成就斐然的文學家。因而全面梳理毛奇齡的文學活動為下一步的詩學研究做了一個鋪墊。毛奇齡的文學著作眾多，本文選擇《毛西河先生文集》、《越郡詩選》、《瀨中集》、《唐七律選》、《唐人試帖》、《毛甡論釋〈西廂記〉》進行一一考釋，就其版本情況、內容價值作一一考查。其三、毛奇齡在唐宋詩之爭有著自己的思考，我們不能以不懂詩學譏笑他。以往研究注重集中毛奇齡的「鵝鴨」之辯上，反而對於其詩學本身卻無關注。其詩學錢鍾書、蔣寅等有所深入探討，但是僅侷限單篇論文或隻言片語，還沒有全面討論。本文企圖在唐宋詩之爭部分，就毛奇齡對於清初宋詩風的批評，毛奇齡的唐詩觀的發展變化做一論證，以期揭示其詩學在清初詩學史中的地位。其四，明末清初女性詩人群體崛起，這與時代背景相關，也與此時的名士大力獎掖與挹揚有關。而名士毛奇齡是如何與女性詩人群體進行交流和溝通的？詩歌評點與唱和等方式，探討名士毛奇齡招收女弟子的範式及其影響，這在以往是絕無僅有的現象，這也是暸解明末清初異性詩人互動的不得不審視的一條線索。交流和溝通的背後存在名士毛奇齡的態度和心態問題，這一時期的時代氛圍使得名士和女性詩人通過詩歌這一載體產生了精神上的共鳴，

這一特徵是以往時期少有的情況。其五，探討康熙博學鴻儒科與毛奇齡的文人心態，也是毛奇齡詩學研究的一個重要的方面。這個部分的寫作深受左東嶺《王學與中晚明士人心態》、黃聖修《〈明史‧儒林傳〉與清初學術研究》、姚念慈《康熙盛世與帝王心術》的影響。毛奇齡雖然人品和操行有一定瑕疵，但是探討其文學心態具有一定的典型意義。通過比較毛奇齡在應召博學鴻儒科前後心態的變化，企圖揭示毛奇齡前後心態的細微變化。此部分研究的立足點是毛奇齡的詩文所呈現的心態變化。而博學鴻儒科的延伸就是《明史》館的開張，毛奇齡在明史館的修史心態和學術心態也是值得關注的方面。其六探討毛奇齡與《詩經》學的關係，《詩經》學在某種意義上是經學，但是其文本卻是文學的性質，毛奇齡作為文人，雖然關注《詩經》學往往在經學部分，但是文人解詩也是時常有之，以往對於詩經學的研究往往關注毛奇齡對於《詩經》學的考證方面，對於毛奇齡的文學方式解經卻較少關注，本文力圖在這一方面予以開掘。

總的說來，而系統研究毛奇齡的文學特別是詩學具有一定的價值和開創性意義：其一，毛奇齡文學活動時間較長，他生於明天啟 3 年，卒於清康熙 55 年，時間跨度較大。通過勾勒毛奇齡的文學活動，有助於瞭解明末清初文壇的風氣流轉、學術變遷及文學衍變。毛奇齡的經學名氣很大，經學成就掩蓋了他的文學成就。學人往往重視經學成就而忽略他的文學成就。對於毛奇齡的文學成就進行深度開掘，有助於對於清初詩學研究的深入，拓寬古代詩文研究的視野。其二，對於毛奇齡的詩學理論研究有助於深入瞭解清初詩壇詩論的走向，而以此坐標系，可以更為深入地瞭解與他同時代的詩人，也可以瞭解毛奇齡的詩學理論對後世的影響。其三，對於明末清初名士與女性文學的探討、對於男性作家是是如何關注女性作家的，採取什麼樣的心態，對於解釋明末清初異性詩學互動有著重要的意義。其四，文學和經學的關係問題一直是清代詩學一個重要的線索，對於毛奇齡是如何運用文學解經的，可以窺一斑而知全豹，進而瞭解文人解經的基本思路和方法。這一

點也具有重要的意義。本文的毛奇齡的詩學研究涉及到文學、哲學、文獻學、歷史學、美學等多種領域，屬於交叉研究和綜合研究的範疇。

　　由於筆者學識謭陋，時間倉促，資料收集還未全面，對於如毛奇齡早年的個別著作單行本如《當樓集》還未查詢到，在文獻與理論方面還存在一定的差距，敬請各位專家不吝指教。

第一章　毛奇齡的生平及文學活動

第一節　毛奇齡的生平

　　關於毛奇齡的家族淵源，上海圖書館藏《蕭山毛氏宗譜》對於毛奇齡家族淵源研究有極大的幫助。《蕭山毛氏宗譜》有《毛氏家乘通紀》一文，從源頭上對於毛氏家族在歷史上的演進進行梳理：「予家本姬姓，相傳周文王第九子囲封國於毛，曰『毛伯』，其子姓以國為氏，因氏毛，《左傳》所云『魯、衛、毛、聃，文王之昭是也』。是時毛氏之後，歷承伯爵，終春秋之世，尚有所謂『毛伯』。過毛伯得者，因國亡而食采於河南之東周。故河南、河東皆有毛氏，漢毛亨、毛萇則河東族而中遷於盧者。」〔註1〕毛奇齡在《重修族譜序》中對家族淵源做了梳理：「予族以魏尚書僕射孝先為遠祖，南渡直言敢諫科進士侍御史叔度公為兩浙之祖，元初處士貴誠公為餘姚祖，明贈朝請大夫福建都轉運鹽使司同知坦然公為蕭山祖，衣冠逮予十世矣。」〔註2〕

　　而據《蕭山毛氏宗譜》之《大房叔讓公派世系圖》，可以大概得知

〔註1〕（清）毛奇齡，毛氏家乘通紀〔M〕//（清）毛鼎亭修纂，蕭山毛氏宗譜，上海圖書館藏清蕭山爵德堂木活字本。
〔註2〕（清）毛奇齡，重修族譜序〔M〕//（清）毛鼎亭修纂，蕭山毛氏宗譜，上海圖書館藏清蕭山爵德堂木活字本。

毛奇齡的派世系別〔註3〕：從毛貞開始為蕭山毛氏之祖，經九世而到奇齡。毛貞，號坦然，為明福建都轉運鹽使司同知，追贈朝請大夫，配鄒氏，誥封孺人。此為蕭山毛氏的第一世。第二世毛讓，行第一，字叔讓，貞子。鄉大賓。配沃氏，贈孺人。第三世毛裕，字永隆，號益菴，讓子。景泰元年庚午舉人，通州衛。配葉氏。第四世為毛淵，為毛奇齡高祖，字本深，號靜菴，裕子。明成化庚寅歲拔貢，授山東武城縣教諭，升貴州石阡府教授。後以征苗有功，加四品服俸，崇祀名宦。配何氏，誥封恭人。公之子孫繁衍，遂居石阡顯達。第五世毛瑞，字國祥，配汪氏，淵子。第六世毛必聰，行敏一，字希賢，瑞子。配沈氏，繼張氏。第七世毛遵，行守一，字守道，號兩橋，鄉大賓，三膺冠帶，必聰子。德配孫孺人。第八世為毛奇齡祖父毛應鳳，行德二，字雲祥，號岐山。萬曆朝封冠帶儒士，詔賜粟帛，給區昭榮齒德，加贈朝請大夫，遵子。德配朱氏，誥封孺人。第九世為毛奇齡父親毛秉鏡，行太七，字汝明，號敬山，誥贈徵仕郎、授翰林院檢討，以鄉賢崇祀學宮。《浙江通志》入《孝行傳》，應鳳子。德配張氏，誥封太孺人。而秉鏡有四子，分別為毛萬齡（行惠五，字大千，號東壺，拔貢生廷試第一，初授推官，改知縣。配楊氏。繼弟長子文輝為嗣。）、毛錫齡（行惠十二，字與三。）、毛慧齡（行惠十五，字太愚，好黃老之學，遂隱居不仕。配陳氏。）、毛奇齡（行惠十九，字大可。）。

〔註3〕關於毛奇齡的派世系別，杜明德在其碩士論文《毛西河及其〈周禮學〉研究》（國立高雄師範大學國文研究所碩士論文 1994 年，第 7～8 頁）、博士論文《毛西河及其昏禮、喪禮學研究》（國立高雄師範大學國文學系博士論文 1999 年，第 9～12 頁）分別進行了梳理。此兩篇論文都附有《西河譜系簡圖》，惜其譜系簡圖未能勾勒出奇齡直系派世，甚至有些錯誤，如毛淵為第六世，實際上毛淵屬於第四世；如把毛吉作為第二世，實際上奇齡直系二世是毛讓。胡春麗《毛奇齡家世與生平考述》（薪火學刊編輯部編《薪火學刊》，第三卷，復旦大學出版社 2016 年版，第 213～215 頁）對毛奇齡的派世系別進行了考證，除個別錯誤如第六世毛必聰，字希顏（應為字希賢），大體上清晰地勾勒出毛奇齡的直系派世。

　　毛奇齡出生之時（明天啟三年），其母張太君夢見有番僧持度牒到門，其牒四邊有五虬相啣，因取郭璞《遊仙詩》「奇齡邁五龍」之句，命名為「奇齡」。奇齡幼時聰慧，五歲請讀書，母親張氏口授《大學》，越一日而成誦。後母親買市雕《大學》一本，令其就所讀自認之，奇齡就「后」、「後」、「厚」三字音同而形異而向張氏求問，可見其聰慧程度。總角之時，奇齡一月之中曾取小試第一四次。與其兄萬齡俱有名於在學，被稱為「大小毛生」。毛奇齡弟子盛唐《西河先生傳》對於毛奇齡少年時之經歷記載道：「稍長，觀鄰人娶婦，婦至，即牽婦入寢室，不告祖，不見舅姑。怪之，以問塾師。塾師曰：『孺子焉知禮？禮不成，婦不廟見。先入寢者，所以成其為婦也。』曰：『婦必寢而後成乎？』塾師無以答。」〔註4〕西河歸而問其仲兄錫齡，錫齡引《春秋》傳予以解答，錫齡最後說：「此禮一誤而無父、無祖、無子婦，無《易》、《禮》、《春秋》，人倫絕，六經亡矣。」〔註5〕於是毛奇齡「大駴，為不食累日，矢以辨定諸經為己任。」〔註6〕雖盛唐《西河先生傳》有溢美成分，但此事應屬事實。毛奇齡以後對經學辨定的興趣應萌發於此。

　　明崇禎十七年（1644），莊烈帝朱由檢自縊於煤山，明王朝自此滅亡。奇齡哭學宮三日。會稽山賊紛起，奇齡竄身於城南山，同沈禹錫（字之先，蕭山人，居崇儒里，悉力讀書，後嘔血死。卒於順治五年（1648），卒年二十七。生平詳見毛奇齡《沈七傳》、《沈君墓誌銘》。）、包秉德（字飲和，別字即山，勤於讀書。卒於順治九年（1652），生平詳見毛奇齡《徵士包二先生傳》）、蔡仲光（字大敬，蕭山人，康熙十八年詔徵博學鴻詞科，不就。卒年七十餘，有《謙齋詩文集》行世。生平

〔註4〕（清）盛唐，西河先生傳〔M〕∥（清）毛奇齡，毛西河先生全集，清嘉慶蕭山陸凝瑞堂刊本。
〔註5〕（清）盛唐，西河先生傳〔M〕∥（清）毛奇齡，毛西河先生全集，清嘉慶蕭山陸凝瑞堂刊本。
〔註6〕（清）盛唐，西河先生傳〔M〕∥（清）毛奇齡，毛西河先生全集，清嘉慶蕭山陸凝瑞堂刊本。

詳見（民國）《蕭山縣志稿》卷十六。）〔註7〕，「闢土室，聚南、北、唐、五代、遼、金、元史暨諸書其中，縱觀之」〔註8〕。順治二年（1645）清軍下江南，杭州不守。各地抗清義軍蜂擁而起，時武寧侯王之仁、保定伯兼鎮海將軍毛有倫原以備倭駐軍寧波，後聞變，移軍西陵，號「西陵軍」。江東民共推魯王朱以海為監國，總統諸軍，以抗清軍。因毛有倫是奇齡族人，薦奇齡為「監軍推官」。而奇齡「予力辭之，陰與沈七行，行間覘諸軍所為不道，不足與計事。且天命已有在，匿不復出。」〔註9〕後因評論「方馬軍」而得罪方國安，所謂：「方、馬，國賊也。

〔註7〕 全祖望對毛奇齡等四友持冷嘲熱諷之態度，他引姚薏田的說法：「西河目無今古。其謂自漢以來足稱大儒者祇七人：孔安國、劉向、鄭康成、王肅、杜預、賈公彥、孔穎達也。夫以兩千餘年之久，而僅得七人，可謂難矣。吾姑不敢問此七人者，果足掩蓋二千餘年以來之人物與否。但即以此七人之難，而何以毛氏同時其所極口推崇者，則有張彬、徐思咸、蔡仲光、徐緘，與其二兄所謂『仲氏』及先教諭者，每述其緒論，幾如著蔡，是合西河而七，已自敝兩千餘年之人物矣。抑西河論文，其自歐、蘇而下俱不屑，而其同時所推崇，自張、蔡、二徐外，尚有所謂包二先生與沈七者，不知其何許人也。竭二千餘年天下之人物，而不若越中一時所出之多，抑亦異哉？」（全祖望《蕭山毛檢討別傳》，全祖望撰；朱鑄禹匯校集注《全祖望集匯校集注》，上海古籍出版社 2018 年版，第 987 頁。）可參鄭吉雄《全祖望論毛奇齡》（《臺大中文學報》，1995 年第 7 期，第 281～312 頁。）一文。

〔註8〕 （清）毛奇齡，自為墓誌銘〔M〕//（清）毛奇齡，毛西河先生全集・墓誌銘・卷十一，清嘉慶蕭山陸凝瑞堂刊本。

〔註9〕 （清）毛奇齡，自為墓誌銘〔M〕//（清）毛奇齡，毛西河先生全集・墓誌銘・卷十一，清嘉慶蕭山陸凝瑞堂刊本，（案：毛奇齡是否參與了抗清鬥爭，有待考證。從此處文字來看，毛氏似有所隱晦。全祖望《蕭山毛檢討別傳》云：「已而國難，畫江而守，保定伯毛有倫方貴，西河兄弟以鼓琴進，託末族。保定將官之，而江上事去，遂亡匿。乃妄自謂曾預義師，辭監軍之命，又得罪方、馬二將，幾致殺身，又將應漳浦黃公召者，皆烏有也。」（全祖望《蕭山毛檢討別傳》，全祖望撰；朱鑄禹匯校集注《全祖望集匯校集注》，上海古籍出版社 2018 年版，第 988 頁。）按照全祖望的意思，參與西陵軍的行為是毛奇齡兄弟主動自薦，不是毛氏所說的「而保定至蕭山，訪同族之居蕭山者，移檄購大小毛生，出予於土室，啟之監國，授予為監軍推官」。（《自為墓誌銘》）全氏以為毛奇齡根本沒有參加所謂的抗清活動，更不要說後來得罪方國安與馬士英和應黃道周之招了。當然，全祖望是站在明遺民

明公（毛有倫）為東南建義旗，何可與二賊共事？」〔註10〕奇齡為躲避方國安的追捕，在毛有倫之弟毛有俶的龕山軍暫住一個月。後又拒絕了張彬歸依隆武政權黃道周的建議。於是亡走山寺，髡首緇衣，匿於坑中。清軍破江東，奇齡因髡首而得免。

　　東南初定之時，文士踵明代積習〔註11〕，毛奇齡對此說：「明季尚文社，每府縣官人各彙其所在指名者，板而刊之，曰名士，較試場所取榜帖士，尤為嚴重。」而好為文社，實際上相當多的士子是借文社之名秘密從事反清活動。對此，何宗美說：「據初步統計，清順治至康熙初各類文人會社至少有七十餘家，其中，明遺民之社超過五十家。遺民結社一方面直接承襲晚明文人結社的風氣，另一方面與此起彼伏的反清復明鬥爭相呼應，關乎清初世事風雲之大局，因此，其社集活動與通常情況下的詩社唱和不盡相同，有著特殊的意義和價值。」〔註12〕

　　毛奇齡也參與到了當時的文社活動之中。順治七年（1650），吳偉業等人在嘉興南湖舉十郡大社。毛奇齡《駱明府倪孺人合葬墓誌銘》：「越中當順治初年，好為文社，每會集八縣，合百餘人，鍾鼓絲竹。君必為領袖，進退人物，人物亦聽其進退，不之難。嘗同會稽姜承烈、徐

的立場上對毛奇齡的易節行為予以大力討伐的。我們可以這樣推測：一方面毛奇齡為了自身原因故意掩蓋參與抗清鬥爭的事實；而另一方面全祖望為了精神上徹底清算毛奇齡，而故意扭曲事實。至於是否參加了抗清鬥爭，我們認為在當時歷史背景之下，毛奇齡參與了當時的抗清鬥爭，應該是歷史事實。章太炎對此言：「是時蕭山毛奇齡，當南都傾覆，以布衣參西陵軍事。軍敗，走山寺為浮屠。」（朱維錚校點《訄書》重訂本，上海人民出版社編《章太炎全集》（第一輯），上海人民出版社2014年版，第344頁。）

〔註10〕毛奇齡，自為墓誌銘〔M〕//（清）毛奇齡，毛西河先生全集·墓誌銘·卷十一，清嘉慶蕭山陸凝瑞堂刊本。

〔註11〕毛奇齡，陸三先生墓誌銘〔M〕//（清）毛奇齡，毛西河先生全集·墓誌銘·卷十五，清嘉慶蕭山陸凝瑞堂刊本。」

〔註12〕何宗美著，明末清初文人結社研究〔M〕，上海：上海三聯書店，2016：267。

允定、蕭山毛甡，赴十郡大社，連舟數百艘，集于嘉興之南湖。太倉吳偉業，長洲宋德宜、實穎，吳縣沈世奕、彭瓏、尤侗，華亭徐致遠，吳江計東，宜興黃永、鄒祇謨，無錫顧宸，崑山徐乾學，嘉興朱茂暉、彝尊，嘉善曹爾堪，德清章金牧、金范，杭州陸圻，爭於稠人中覓叔夜。既得叔夜，則環而拜之。越三日，乃歃血定交去。」〔註13〕毛奇齡與吳梅村何時結識？毛奇齡《太倉張慶餘詩集序》：「予見太倉吳學士晚，記在梁溪，遇學士飲，偶品目人士，即語其鄉好學如慶餘者。」〔註14〕梁溪應為無錫的別稱，而時間點則無法確定。而順治七年的十郡大社則為奇齡提供了熟識吳梅村的機會，毛奇齡《蘇子傳胥山詩序》：「西泠古才地，于文爭六季，于詩爭漢魏三唐以上。曩者順治之末，會十郡名士於檇李之東塔寺。惟時太倉吳學士尚在坐也，榜文式於牆，並推西泠之詩與雲間陳黃門、李舍人，功出禹上，蓋惟恐六義之指之有墮於畸衰矣。」〔註15〕吳梅村推崇西泠之詩與雲間派詩人陳子龍、李舒章，此為奇齡念念不忘的。

毛奇齡在此時參與文社品評人物時，標準過峻，而入文社者需要品評才能過關，成為「名士」，因而奇齡開罪人不少。且奇齡好甲乙人所為文章，更是冒犯一些人物。此時王自超事件的爆發成為點燃點。王自超，字茂遠，山陰人。崇禎癸未（1643）進士，授庶常，「一時文譽蔚騰，雖窮陬僻壤，無不誦習其文。甲申流寇陷長安，自超負時名，寇尤物色之。乃潛身遠匿，間道歸里。」〔註16〕流寇應指李自成農民軍，（乾隆）《紹興府志》並沒有說王自超接受李自成「偽職」之事，可能是為鄉賢避諱之緣故。而徐鼒《小腆紀年附考》則有「壬子（二

〔註13〕（清）毛奇齡，駱明府倪孺人合葬墓誌銘〔M〕//（清）毛奇齡，毛西河先生全集‧墓誌銘‧卷八，清嘉慶蕭山陸凝瑞堂刊本。

〔註14〕（清）毛奇齡，毛西河先生全集‧序‧卷二〔M〕，清嘉慶蕭山陸凝瑞堂刊本。

〔註15〕（清）毛奇齡，毛西河先生全集‧序‧卷二十〔M〕，清嘉慶蕭山陸凝瑞堂刊本。

〔註16〕（清）李亨特修；（清）平恕纂，（乾隆）紹興府志‧卷五十四〔M〕，清乾隆五十七年刊本。

十四日），闖賊設偽官，授明降臣職」〔註17〕，對於王自超等人授職情況進行了說明：「檢討臨川傅鼎銓、庶吉士會稽王自超、侍詔韓城高來鳳，俱改偽從事。」〔註18〕因而實際情況是：王自超在李自成率領農民軍攻破北京之後，接受了偽職，後中途逃歸，此事實應當是王自超及家人避免提及的。而毛奇齡與黃運泰此時編選《越郡詩選》，其中有毛氏對王自超詩評價，評價引起了軒然大波。王自超有《知介生赴西市》詩云：一死君猶恨，千秋我亦疑。有才悲李白，無弟贖王維。白日臨歧路，黃泉憶故知。從君明告語，地下敢差池。毛奇齡在下面評云：「俱以似少陵。茂遠古體，唯五古略近近體，全入格，惜所遺無幾耳。以茂遠之才，特不早自振，抱憤鬱死。嗟乎！右丞、司戶，孰與解者？今讀其辭，幽愁怨恨，猶使我有仳離失職之痛也。」〔註19〕這就是毛奇齡在《自為墓誌銘》所說的「會選郡人詩，鏤板行。會稽王庶常從賊中歸，投予以十詩。予錄其四，乃以右丞、司戶評其篇，實譽之，不知其得罪」〔註20〕。其實，王維與鄭虔都在安史之亂中被迫接受過叛軍的偽職，以右丞、司戶評價自超，顯然會引起人們的過多聯想，因而會招致王氏家人的怨恨。奇齡還選了王自超《鄆城夜走》一首五言絕句，自超《鄆城夜走》本是五律，毛奇齡在《越郡詩選》裏截取前四句作為五言絕句，毛氏云：「此茂遠歸奔時作也。本是五律，截去四語，居然佳絕。」〔註21〕《鄆城夜走》全詩為：「人馬明星內，親交草露邊。計家今夜夢，見我鄆城川。尋影遙知僕，聞喧又

〔註17〕（清）徐鼒撰；王崇武校點，小腆紀年附考〔M〕，北京：中華書局，1957：113。

〔註18〕（清）徐鼒撰；王崇武校點，小腆紀年附考〔M〕，北京：中華書局，1957：117。

〔註19〕（清）黃運泰，（清）毛奇齡，越郡詩選・卷五〔M〕，上海圖書館藏清刻本。

〔註20〕（清）毛奇齡，毛西河先生全集・墓誌銘・卷十一，清嘉慶蕭山陸凝瑞堂刊本。

〔註21〕（清）黃運泰，（清）毛奇齡，越郡詩選・卷七〔M〕，上海圖書館藏清刻本。

渡船。驅驅君漫問，群盜又山前。」〔註22〕毛奇齡刪去後四句，獨存
前四句，並加以評語。毛奇齡的評點是無論有意還是無意，都會引起
王自超之父的憤怒，加之那些被因文社被黜的舉人們醞釀已久的怨
氣，自然成為爆發的點燃點。他們一起羅列了毛奇齡三條罪狀：抗命
（抵抗清軍）、抗試（不參加清政府所組織的科舉考試）、以頭陀居士
林，斁壞名教。當然，這些罪名沒有一一坐實，而官府也沒有治奇齡
之罪。

　　順治八年（1651）浙江三舉鄉試，同社章貞（字含可，會稽人，
順治乙未進士。初知壽光縣，以科場詿誤降滎陽丞，升棗陽令，均有善
政。薦博學宏詞，行抵江寧，病歸。所著有《東銘解》等書〔註23〕）鄉
試中式，於是攜通籍舉人昌言，謂毛奇齡江東抗命之時，義不受職，故
當時奪其籍，今無法參與科舉考試，正是因為沒有生員之籍。倘若恢復
其生員之籍，必能振奮其心，為清廷效命。於是浙江提學道翟文貴（山
東益都人。進士。順治六年到任浙江提學道，順治十年離任〔註24〕。）
還奇齡舊籍，令其辮頂待試。而奇齡怨家洶洶，報復之心不息。後張縉
彥（字坦公，河南新鄉人。明崇禎辛未（1631）進士，順治十一年到任，
順治十五年離任〔註25〕。）任浙江布政司使，張氏原為明兵部尚書，
李自成攻陷北京之時，開門納款，「縉彥與大學士魏藻德率百官表賀，
素服坐殿前，群賊爭戲侮之。太監王德化叱其誤國」〔註26〕。後李自
成敗走，縉彥聞福王朱由崧據江寧，上疏大言其勇擒偽官（李自成所封
故明之官），收復列城。福王聽信其言，即授原官，授予河北、山西、
河南軍務印。而「時（福王政權）方治從賊案，刑部尚書解學龍既分六

〔註22〕（清）王自超，柳潭遺集．卷四〔M〕，中國國家圖書館藏清刻本。
〔註23〕（清）李亨特修；（清）平恕纂，（乾隆）紹興府志．卷五十四〔M〕，
　　　　清乾隆五十七年刊本。
〔註24〕浙江省地方志編纂委員會編，浙江通志．6〔M〕，北京：中華書局，
　　　　2001：2979。
〔註25〕浙江省地方志編纂委員會編，浙江通志．6〔M〕，北京：中華書局，
　　　　2001：2972。
〔註26〕王鍾翰點校，清史列傳．第20冊〔M〕，北京：中華書局，1987：6622。

等擬罪，以繕彥已奉錄用，別列其名上」〔註27〕。惜馬士英掌權，從「賊」大僚只要賄賂士英，士英並不過問。而毛奇齡曾點評張繕彥之文時，「曾及君六等定罪之狀，援偽朝典例」〔註28〕，顯然觸到了已在清朝做官的張繕彥的痛處，而仇家正是利用這點進行控告，繕彥因而聞之大恨，惱羞成怒。而提學張安茂（字子美，江南青浦人，進士。順治十年到任提學，順治十三年離任〔註29〕）陰伺張繕彥旨意，仍奪毛奇齡生員籍。張安茂且謂毛奇齡所作《放偷》、《賣嫁》兩連廂詞，一為「縱從賊也」〔註30〕，一為「歸命本朝，不待聘而自呈其身也」〔註31〕，總之「狂生失志，訕上官，不敬」〔註32〕。張安茂上之浙江總督，請其下令寧紹分巡王君（王君為王廷璧？王廷璧順治十八年到任分守寧紹臺道〔註33〕，而張安茂是順治十三年離任，時間不合，待考），對奇齡予以籍捕，總督以為冤，置之不理。其後怨家仍舊洶洶，利用其姻親有在軍營負債而願揭發奇齡者，於是抓住奇齡，要求奇齡代償其姻親的債務，營兵並眾人準備擁奇齡渡江。鄰人有認識奇齡者，追到西陵渡口，奪得奇齡而還。而怨家不肯善罷甘休，購餓殍之屍，橫放在昨日相奪之處，謂是奇齡聚人所殺之營兵，宜援重典懲處奇齡，於是籍捕四出。其時，鄰人有千餘人爭渡江喊冤，軍營將領懷疑此事，檄寧紹分巡王廷璧予以處治。怨家又羅織罪名，通過分巡王廷璧之門人許三閣，許

〔註27〕　王鍾翰點校，清史列傳·第6冊〔M〕，北京：中華書局，1987：6622。

〔註28〕　（清）毛奇齡，自為墓誌銘〔M〕//毛西河先生全集·墓誌銘·十一，清嘉慶陸凝瑞堂刊本。

〔註29〕　浙江省地方志編纂委員會編，浙江通志·6〔M〕，北京：中華書局，2001：2979。

〔註30〕　（清）毛奇齡，自為墓誌銘〔M〕//毛西河先生全集·墓誌銘·十一，清嘉慶陸凝瑞堂刊本。

〔註31〕　（清）毛奇齡，自為墓誌銘〔M〕//毛西河先生全集·墓誌銘·十一，清嘉慶陸凝瑞堂刊本。

〔註32〕　（清）毛奇齡，自為墓誌銘〔M〕//毛西河先生全集·墓誌銘·十一，清嘉慶陸凝瑞堂刊本。

〔註33〕　浙江省地方志編纂委員會編，浙江通志·6〔M〕，北京：中華書局，2001：2977。

氏於廷壁前中傷奇齡。於是，王廷壁援引重典，案籍逮捕。奇齡身處危險境地，其友蔡仲光急過其處，認為奇齡須盡快逃亡，才能免禍。奇齡指壁間東漢人王烈之名，請名王彥，字士方，以此逃亡。離別之時，仲兄毛錫齡囑其在憂患之中，要熟習《易》經，錫齡希望其弟能運用《易》經排憂解難，平安度過劫難，奇齡遵其教誨。

　　順治十三年（1656），毛奇齡開始逃亡〔註34〕。先過江蘇吳江，投

〔註34〕關於毛奇齡出亡淮上的時間，歷來說法不一。張穆《閻潛丘先生年譜》認為「是年（順治八年（1651））毛西河避仇，出遊淮上，變姓名王彥，字士方。」（張穆《閻潛丘先生年譜》卷一，商務印書館之叢書集成初編本，第 19 頁）章太炎《楊顏錢別錄》認為：「永曆六年（順治九年，1652），人或構之清率，亡命為『王士方』，展側山谷間，卒得脫。」（章太炎《楊顏錢別錄》，章太炎著；朱維錚校點《訄書（重訂本）》，《章太炎全集》（第一輯），上海人民出版社 2014 年版，第 596 頁。）杜德明《毛西河及其昏禮、喪禮學研究》認為：「順治十七年，西河渡淮至淮安。」（杜德明《毛西河及其昏禮、喪禮學研究》，國立高雄師範大學國文學系博士論文 1999 年，第 13 頁。）而陳逢源《毛西河及其〈春秋〉學研究》附有《簡譜》則據張穆《閻潛丘先（接上頁）生年譜》認為毛奇齡避仇初出遊淮上應在順治八年。（陳逢源《毛西河及其〈春秋〉學研究》，臺北花木蘭文化出版社 2009 年版，第 20 頁。）吳通福《晚出〈古文尚書〉公案與清代學術》附有《閻若璩、毛奇齡生平事蹟簡（接上頁）要年表》，他認為：「毛奇齡亡命出走在是年（順治十三年（1656））歲暮。以毛奇齡《將渡贈日者過訪》詩及《鑒園詩選序》推之，均是，張穆及章太炎說皆誤。」（吳通福《晚出〈古文尚書〉公案與清代學術》，上海古籍出版社 2007 年版，第 224 頁。）案：吳通福所說《將渡贈日者過訪》、《鑒園詩選序》未見。而胡春麗《毛奇齡與清初〈四書〉學》附錄《毛奇齡年譜》認為：「毛奇齡此年前避仇只在浙江一帶，但變易姓名出遊淮上，當在本年（康熙元年，1662）歲暮。張穆《閻潛丘先生年譜》所說順治八年、章太炎《楊顏錢別錄》所說永曆六年（順治九年）毛奇齡避仇出遊淮上，皆誤。據《自為墓誌銘》及雍正《浙江通志》推之，均是。」（胡春麗《毛奇齡與清初〈四書〉學》，復旦大學博士學位論文 2010，第 180 頁。）案：據毛奇齡有七言古詩《予向渡湖時更名王士方宿竺蘭聖宣二上人房去今二十年後予過上海聖宣貽書兼索書舊日所題詩句感生於心賦此志謝並呈蘭公代訊》，毛奇齡過上海是在康熙十六年（1677），而倒推二十年，奇齡應在順治十三年（1656）出亡淮上。另毛奇齡《自為墓誌銘》也說：「吾生十年，瘑五年，兵戈者十年，奔走道路二十年。」此說法的時間應距毛氏到上海的時間不遠，因而吳通福的繫年應該較為準確。而

顧有孝（字茂倫，少負才任俠，遊華亭陳子龍之門。子龍死國難，有孝亦謝諸生，隱居釣雪灘。陋巷蓬門，四方賓至無虛日。有孝傾身攬結，赴人之急，雖盡其財，瀕於難，不悔也〔註35〕）家，毛奇齡有詩《垂虹橋投顧有孝居》、《投吳寺宿懷吳江徐釚顧有孝》、《題抱甕丈人濯足圖為顧有孝徵君》、《途中雜感一首寄茂倫》，其中《垂虹橋投顧有孝居》云：「曉風吹雨到吳江，百丈垂虹似飲驄。新水菱花橫夜艇，故人椐樹倚秋窗。龐山初日搖珠塔，震澤廻波灑玉缸。田舍乍逢皆衣褐，肯教季布徙他邦。」〔註36〕此時應為毛奇齡投居顧有孝之居時所作，詩作最後一句用季布的典故，季布曾是項羽的將領，項羽失敗，漢高祖購求季布，懸賞千金，敢有藏匿季布者，罪及三族。季布匿於濮陽周氏，周氏髠季布，給其穿上粗布衣服，置於廣柳車之中，並與其家童數十人，賣之與魯硃。後季布得到了劉氏集團的重用。毛奇齡這裡以季布四處躲藏的狀況自比，其大意為：顧有孝所在之地，皆是穿粗布衣服的平民百姓，對於我這個外來逃亡之客應該不忍心再讓其去流浪他鄉。言外之意，奇齡希望在此安穩居住，免受怨家的侵擾。顧有孝在此期間對其照顧有加，奇齡生病，有孝賣書買藥，為其療治。奇齡遂以王士方之名住在長橋塔寺巢雲房，共十五日。後奇齡連夜渡湖，寄宿於楊明府家，明起速客，忽有座上客認出奇齡為江東小毛生，於是相向而哭。毛奇齡有詩《渡河寄大敬徽之憲臣並呈張五杉張七梧姜十七廷梧丁五克振吳二卿禎顧大有孝》：「河水將流漸，東行渡枝津。寒風吹襟裾，使我思故人。故人在何所？云在舊鄉縣。炎天三伏時，送我走江甸。晝行蘆中遲，夜行瀨上淺。三吳舊知予，故呼我王彥。渡江旅集燒燭枝，前榲歌

《浙江通志》所在各官員的到任與離任年月，可以推斷毛氏出亡的大概時間，但王廷璧順治十八年到任分守寧紹臺道這一證據，不足以推翻毛奇齡在順治十三年出亡淮上這一結論。

〔註35〕（清）陳荃纕修；（清）倪師孟撰，（乾隆）吳江縣志・卷三十三〔M〕，清乾隆修民國年間石印本。
〔註36〕（清）毛奇齡，毛西河先生全集・七言律詩・卷三〔M〕，清嘉慶陸凝瑞堂刊本。

發如流絲。酒酣銜泪不能下，低頭自弄黃金巵。座中有客向予指，此是江東小毛子。張祿更名識被袍，梅生變姓詳居市。直前把袂訴疇昔，賓客盈堂盡前席。銀缾高瀉傾一時，金管豪吹快終夕。自此至江介，車轂日來諗。渡江一百日，九十就人飲。就人飲酒可奈何，他鄉歲月真蹉跎。渡江王彥今仍在，曉日寒風又渡河。」〔註 37〕這首詩對於毛奇齡渡江避仇情況進行了簡要的回顧，其中「炎天三伏時，送我走江甸」，證明毛奇齡逃亡之時應該在該年夏至之後，天氣最熱之時。「渡江一百日，九十就人飲」，「渡江王彥今仍在，曉日寒風又渡河」，證明寫此詩已到康熙元年的冬季。奇齡在座中客認出自己時的心態是複雜的：既有別人認出的惶恐，也有他鄉遇故知感動；既有濃烈的思鄉之情，也有艱苦流亡的辛酸。

此外，毛奇齡還有詩《定陶道中并謝魏文學兄弟》：「奔走未寧息，幡然濟上行。陶朱遊子姓，毛遂野人名。風落楊橋暮，煙籠麥坂晴。望門堪止宿，孔氏弟兄情。」〔註 38〕此詩也應該為改易姓名而發出的感慨，只是時空不同罷了。罷席之後，毛奇齡又開始了流亡。到了靖江，在此期間遇有彈箏者，心中惻惻不能行。於是留宿於此，因毛奇齡本人受父親毛秉鏡的影響，對於音律之事較為熟稔。據奇齡自己說，其家有先人所留存的《竟山樂錄》，取自於王陽明府，曾為明寧王朱權所藏。《竟山樂錄》中有雞婁鼓譜及箏笛色五尺，奇齡曾記其一節，因而奇齡能夠聽出彈奏者的錯誤，並向其指出。彈奏者於是大悅，邀奇齡在此居住十日，並在臨別之時，提出為奇齡代償諸房蓐錢。奇齡拒絕了這一請求，並認為其不應把自己看做賣伎之人。上文我們提到，奇齡在即將流亡之時，仲兄錫齡對其的諄諄教誨，奇齡何嘗忘卻。在顧有孝家，奇齡得到了一本《朱子易義》，每讀之後，不禁發出疑問：三聖之學真如朱

〔註 37〕（清）毛奇齡，毛西河先生全集·七言律詩·卷三〔M〕，清嘉慶陸凝瑞堂刊本。
〔註 38〕（清）毛奇齡，毛西河先生全集·七言律詩·卷三〔M〕，清嘉慶陸凝瑞堂刊本。

子所說的這樣嗎？而此時在決定自己前途去向時，毛奇齡運用《易》經為自己卜筮，得節（兌下坎上）之需（乾下坎上），乃用己意自斷：「節者，止也；需者，有待也。節與需皆坎險在前而不可行，然而節三當互震之中，已將震動，而乃動而得《乾》三，則出險矣。剛能出險，故不敗。非然，則需矣，致寇至矣。」〔註39〕節卦為《易》經第六十卦，兌下坎上，節卦之卦辭：「節，亨。苦節不可貞」，正義：「節，卦名也。《彖》曰：『節以制度。』《雜卦》云：『節，止也。』然則節者，制度之名。節，止之義，制事有節，其道乃亨，故曰：『節，亨。』節須得中，為節過苦，傷於刻薄，物所不堪，不可復正，故曰『苦節不可貞也。』」〔註40〕

可見，奇齡所說的「節者，止也」出自於《雜卦》，節卦坎在上，預示前面有艱難險阻，因而君子須制事有節，其道才能暢通無阻。而需卦為《易》經第五卦，乾下坎上，需卦之卦辭：「有孚，光亨貞吉，利涉大川」，正義：「需者，待也。物初蒙稚，待養而成，無信即不立，所待唯信也，故云『需有孚』，言需之為體，唯有信也。『光亨貞吉』者，若能有信，即需道光明，物得亨通，于正則吉，故云『光亨貞吉』也。『利涉大川』者，以剛健而進，即不患於險，乾德乃亨，故云『利涉大川』。」〔註41〕奇齡所說的「需者，有待也」正是出於孔穎達正義部分，此卦正是和節卦一樣，坎在上，也是預示坎險在前，須有所待。《易》經認為只有關注變化才能預測未來的發展趨勢，奇齡所說有節卦到需卦，正是根據卦變，才能夠預測以後的發展方向。具體說來，就是節卦六三本是陰爻，經過卦變，變成了需卦九三的陽爻，這是因為節卦的九二、六三、六四本身就構成了一個震卦，稱之為「互震」，表明即將震

〔註39〕　（清）毛奇齡，自為墓誌銘〔M〕//毛西河先生全集·墓誌銘·十一，清嘉慶陸凝瑞堂刊本。

〔註40〕　（唐）孔穎達，周易正義·卷六〔M〕//十三經注疏1，臺北：藝文印書館，2007：132。

〔註41〕　（唐）孔穎達，周易正義·卷六〔M〕//十三經注疏1，臺北：藝文印書館，2007：32。

動,因而動之得到了需卦九三的陽爻。而需卦九三的爻辭為:「需於泥,
致寇至」,注云:「以剛逼難,欲進其道,所以招寇而致敵也。猶有須
焉,不陷其剛。寇之來也,自我所招,敬慎防備,可以不敗。」〔註42〕
注所解之意為:寇至而有所須待,有所防備,可以立於不敗之地。奇齡
關注的是節卦之互震的運動之過程,所謂「當互震之中,已將震動,而
乃動而得《乾》三,則出險矣。剛能出險,故不敗。非然,則需矣,致
寇至矣」〔註43〕。不需要再有所等待,假若發展到了需卦,那就「寇
至矣」。於是急行,而怨家果然接踵而至。奇齡遂藏身於泰州海陵,在
此居住一個月,而需卦卦辭有「利涉大川,往有功」,而淮河就是所謂
的「川」,於是渡過淮河,前往淮河之畔的淮安。淮安守備張君與奇齡
有舊,邀其過飲。其客人有「目攝」奇齡而私下勞問者,為毛有倫之弟
毛有俶也。其間有俶具言保定伯毛有倫已死、自己如何幸免之事,並邀
請毛奇齡去彭城就養。但此時山陽令朱禹錫(字揆敘,山陰人,康熙初
任山陽令〔註44〕。)挽留奇齡,為奇齡開館驛,邀集諸賓客,宴會為
歡,因而到彭城就養未能成行。

　　此時應該在康熙二、三年間,(同治)《重修山陽縣志》云:「康熙
二、三年間,蕭山毛奇齡以避難來,山陽令朱禹錫舍之天寧寺,變姓名
曰『王士方』,以文采重衣冠間,邑人劉漢中、張新標與訂交。八月十
五日新標大會名士於曲江樓,士方賦《明河篇》,文詞跌宕,一時傳播。」
〔註45〕毛奇齡在八月十五之夜,扣槃而賦《明河篇》,凡六百餘言,一
時傳寫殆遍。奇齡舊友施閏章聞之,驚呼此作必為毛子所作。而淮人漸
知毛奇齡,因而也引起奇齡的警覺。《周易》需卦之《象》傳云:「雲上

〔註42〕　(唐)孔穎達,周易正義‧卷六〔M〕//十三經注疏1,臺北:藝文印
書館,2007:32。
〔註43〕　(清)毛奇齡,自為墓誌銘〔M〕//毛西河先生全集‧墓誌銘‧十一,
清嘉慶陸凝瑞堂刊本。
〔註44〕　(清)張兆棟修;(清)何紹基纂,(同治)重修山陽縣志‧卷六〔M〕,
清同治十二年刻本。
〔註45〕　(清)張兆棟修;(清)何紹基纂,(同治)重修山陽縣志‧卷二十一
〔M〕,清同治十二年刻本。

於天，需，君子以飲食宴樂。」〔註 46〕《象傳》意謂君子面前並無艱險，只需飲食宴樂即可，但此時奇齡已宴樂過了，所以他認為即將失位。需卦主爻是九五，以九五居天子之位，而且以陽居陽，所謂既中且正，因而卦象並無多兇險，君子只需飲食宴樂。但是我們上文提及到，《易》注重事物的發展變化，物極必反，否極泰來，所以需卦九五面臨失位危險，需要人們加以警惕，並採取相應的行動。

康熙四年（1665），奇齡再次流亡。奇齡之齊、楚、鄭、衛、梁、宋間，曾登嵩山，越過數峰，而不能上，感歎自己衰弱，不知何時能夠歸還鄉里。其間故友姜希轍（字二濱，別字定庵，浙江會稽人），向浙江巡撫都察院蔣柱國（奉天人。由啟心郎。康熙三年，以工部尚書兼右副都御史任，康熙八年離任〔註 47〕）進言，欲雪奇齡之冤案，而仇家仍藉以他隙重陷之。毛奇齡曾說：「（姜希轍）予人和坦，好推解，能拯人之急而出人于厄。予中于所隙，流離展轉，屢言諸臺使解之」〔註 48〕，應該也包括上述之事件。奇齡復還禹州（治所即今河南禹州市），禹州知州史廷桂（字書嚴，浙江蕭山人，由貢監，順治十八年到任〔註 49〕）為奇齡鄉人，邀請毛奇齡到其署中，其署為故懷慶王（朱翊鏐）宅。署後為白雲樓，在楊花紛飛的季節，奇齡登其樓，醉而作《白雲樓歌》，一時邑人多知之。於是去之嵩山，匿於道士土室之中。奇齡在夜半時分彷徨，感慨萬分：經史都為平生所讀，而六經晦蝕，以《易》、《春秋》為尤甚。兩千年來，竟無人能考正之。自己平生流離於道路，惟《毛詩》便於記憶，斷斷續續，做了若干考證的文字。而今年逾四十，卻無事功可立，更不要提什麼修德講學了。

〔註 46〕 （唐）孔穎達，周易正義・卷六〔M〕//十三經注疏 1，臺北：藝文印書館，2007：32。

〔註 47〕 浙江省地方志編纂委員會編，浙江通志・6〔M〕，北京：中華書局，2001：2955。

〔註 48〕 （清）毛奇齡，誥授中憲大夫奉天府丞前禮科都給事中定庵姜公神道碑銘〔M〕//毛西河先生全集・神道碑銘・一，清嘉慶陸凝瑞堂刊本。

〔註 49〕 （清）邵大業修；（清）孫廣生纂，（乾隆）禹州志・卷五・佚官志〔M〕，清乾隆十三年刻本。

　　當然，奇齡在《自為墓誌銘》中所描述的此段人生經歷的真實性值得懷疑。尤其是正當其感慨萬千之時，假寐而泣，忽有人告知：何不去嵩陽問之。環顧四周，並無一人。後在廟市遇到一高笠僧，此人取古本《大學》授之，自稱本是遼人，少時受學於義州賀凌臺先生。高笠僧云：「儒者無實學，于今八百年矣。《大學》不云『壹是皆以修身為本』乎？身統心意而該家國天下於其間。北宋祖陳摶之學，高談性命，而略於事為，其弊也近乎忘身。南宋宗程頤之學，就事物以求心性，究之事物無一得，而坐失心性，其弊也過於有身。夫格物者量本末，本諸身也。致知者審先後，以身先之也。誠意則辨理欲，而明善以成其身。正心則驗存亡，而心存則身存，心亡則身亡。乃于以修身，則凡有裨于心意之學，吾學而修之；有裨於家國天下之學，吾學而修之。」〔註50〕毛奇齡此言似借高笠僧之口述陽明心學之論，所謂致良知即為知行合一之學問，而陳摶談性命而略事功，朱子等人宗程頤，就事物而失性命，皆有流弊之所在。不若心意之學有裨身心修養，有裨於家國天下。對此，錢穆在《中國近三百學術史》中云：「此亦猶是當時捨虛就實一路議論，而西河好奇，託諸神夢，謂受之於高笠僧，其事荒怪，可喜不必盡可信也。」〔註51〕錢穆承認此為「捨虛就實」之議論，也認為其甚為荒怪，真實性值得懷疑。錢氏還說：「惟西河逞才好怪，自言得學統於關東之浮屠所謂高笠先生者，其言荒誕，宜為謝山所乘；而謝山於西河亦未能刻劃悉如其分，於西河講學推尊王學良知一點，全部抹殺。」〔註52〕錢氏正是點出全祖望忽略毛奇齡學術淵源來自王學的特點，其實毛奇齡與陽明心學頗有傳承之志，而於姚江、蕺山之學，毛奇齡也多有論述，甚至與蕺山後學也有聯繫。毛奇齡有《王文成傳本》、《折客辨學文》、《辨聖學非道學》等，其學術明顯受到陽明心學的影響。其在史館時，在設立《道學傳》的問

〔註50〕（清）毛奇齡，自為墓誌銘〔M〕//毛西河先生全集・墓誌銘・十一，清嘉慶陸凝瑞堂刊本。
〔註51〕錢穆，中國近三百年學術史・上〔M〕，北京：商務印書館，1997：254～255。
〔註52〕錢穆，中國近三百年學術史・上〔M〕，北京：商務印書館，1997：260。

題上，有意偏祖陽明，認為陽明應入《儒林傳》，而不應設立《道學傳》。而對於蕺山，毛奇齡云：「自陽明先生講學於鄉，所在立講堂，而蕺山先生繼之。少嘗與同志者赴講，必齋宿以往，歸而廢然者累日。」〔註53〕這並不是像全祖望所說的那樣：「顧其時蕺山先生方講學，西河亦嘗思往聽之，輒卻步不敢前。」〔註54〕至於與蕺山後學的聯繫，邵廷采在《謁毛西河先生書》中說：「康熙七年六月初吉，望見光顏於古小學。此時蕺山高弟如張奠夫、徐澤蘊、趙禹功諸先輩咸在講座。而先生抗言高論，出入百子，融貫諸儒。采時雖無所識知，已私心儀而目注之。」〔註55〕要之，毛奇齡借高笠僧來彰顯自己學統來源，這也許是其流離道路時所思所想，只是奇齡借助一個荒誕不經的故事來進行彰顯罷了。

康熙四年（1665）冬，應湖西道施閏章之招，赴江西吉安。《仲氏易》卷四云：「康熙乙巳，宣城施閏章講學廬陵白鷺洲」。〔註56〕《西河詞話》卷一云：「則以予乙巳冬杪，曾于吉安白鷺洲公讌酒酣度曲，且戲作《芳洲公讌圖》。」〔註57〕毛奇齡有詩《即事有敘》、《從湖口入彭蠡舟次登覽書事》、《行次左蠡放船出南康已來舟中寄蔡五十一仲光姜十七廷梧張五杉並呈施湖西趙司馬駱崇仁何奉新諸公》、《彭蠡湖達南昌將適廬陵訪施湖西途中有寄凡三十二韻》、《自南昌踰峽江入廬陵界再寄施湖西並諸幕府四十三韻》等，應是奇齡經賣家瀆，在江西由長江口入彭蠡湖（即都陽湖），再由左蠡（城名，因在彭蠡湖（今都陽湖）之左得名，在今江西都昌縣西北左里鎮。）放船，出南康府（治所在今江西星子縣，其管轄之地相當於今江西星子、永修、都昌等縣地），

〔註53〕（清）毛奇齡，大學知本圖說〔M〕//毛西河先生全集，清嘉慶陸凝瑞堂刊本。
〔註54〕（清）全祖望，蕭山毛檢討別傳〔M〕//（清）全祖望撰；朱鑄禹匯校集注，全祖望集匯校集注，上海：上海古籍出版社，2018：987~988。
〔註55〕（清）邵廷采撰，祝鴻傑校點，思復堂文集〔M〕，杭州：浙江古籍出版社，1987：310。
〔註56〕（清）毛奇齡，仲氏易·卷四〔M〕//毛西河先生全集，清嘉慶陸凝瑞堂刊本。
〔註57〕（清）毛奇齡，西河詞話·卷一〔M〕，清昭代叢書本。

再由南昌府（江西省治）經峽江（即今即今江西峽江縣之贛江），到達吉安府（治所在廬陵縣，其管轄相當今江西吉安、萬安間的贛江流域）之廬陵。奇齡此是第一次來湖西，在此地居住一年。據毛奇齡說自己曾三至湖西，其《經問》卷九云：「生平受愚山大恩，刊章籍捕，非三至湖西，幾於不免。」〔註58〕毛氏在《白龜圃記》則云：「予嚮以避人湖西，得三入湖西講堂，以質予曩時所聞于姚江、戢山之學。」〔註59〕湖西有舊講堂，為王陽明講學之處，其外有白鷺洲，施閏章新設講會於其中。

此時楊洪才（字拙生，號恥庵，篤嗜程朱之學，著有《五經四書諸說》等〔註60〕）率眾徒在此地講陽明之學，毛奇齡與之辨《詩》、《禮》、《尚書》，「皆不能絀，余辨而絀之」〔註61〕。其中以辨《詩》最為引人注目，毛奇齡為此寫了一部著作《白鷺洲主客說詩》，毛奇齡在《白鷺洲主客說詩》中云：「宣城施愚山以少參分守湖西，講學于吉安城南之白鷺洲。會楚人楊恥庵（名洪才）率其徒數人東來。予以避人故，居撫州之崇仁縣，愚山移帖于崇仁縣令，使之招予。及予至，而講會畢矣。乃留三日，與恥庵諸君盤桓洲間。偶有所講，輒寫記於版。」〔註62〕毛奇齡與楊洪才辨詩主要集中在兩個焦點：洪才力主朱熹淫詩說，奇齡則認為《鄭風》無淫詩；洪才力主朱熹笙詩無詞之說，奇齡則主笙詩之詞亡〔註63〕。當然楊洪才並不是無學之輩，其講學陽明之學之處，

〔註58〕（清）毛奇齡，經問·卷九〔M〕//毛西河先生全集，清嘉慶陸凝瑞堂刊本。

〔註59〕（清）毛奇齡，白龜圃記〔M〕//毛西河先生全集·碑記·一，清嘉慶陸凝瑞堂刊本。

〔註60〕（清）胡國佐纂修，（康熙）孝感縣志·卷十八〔M〕，清康熙三十四年刻嘉慶十六年增刻本。

〔註61〕（清）毛奇齡，自為墓誌銘〔M〕//毛西河先生全集·墓誌銘·十一，清嘉慶陸凝瑞堂刊本。

〔註62〕（清）毛奇齡，白鷺洲主客說詩//毛西河先生全集，清嘉慶陸凝瑞堂刊本。

〔註63〕案：關於「淫詩」之論，四庫館臣為調和之論：夫先王陳詩以觀民風，本美刺兼舉以為法戒。既他事有刺，何為獨不刺淫？必以為《鄭風》

也有相當的心得。施閏章欲以朱子格物之說，詆洪才之說缺陷處，謂學當在事物上求，而不是如陽明之學在心性上求，洪才對此沒有立即爭辯。午食之時，施閏章說：顏淵做到了不遷怒，現在看來是很不容易的。昨官庖缺陳設酒食之器具，我責罵了他。今烹魚又不去魚鰓骨，我又責罵了他。楊洪才則回應說：對待這種事情，還能在事物上求嗎？楊氏意謂要做好此事還要在心性上求，觀察自己內心的變化，控制自己的不良情緒，才能不遷怒、不貳過。奇齡聽到楊氏的此番議論，頓時「大悟，即下拜」，「歸而惺然坐，通夜不寐」〔註64〕。

　　康熙六年（1667）秋，施閏章以裁缺歸〔註65〕，毛奇齡轉之江西崇仁縣，崇仁縣令駱復旦（字叔夜，山陰人。康熙三年任崇仁縣令〔註66〕。毛奇齡有《駱明府倪孺人合葬墓誌銘》、《送駱復旦明府補任崇仁》、《駱叔夜詩集序》）挽留奇齡。而鄰人黃吉邀奇齡，與故人朱三（驊元）、徐二十二（嗣定）飲於北城、巴山（即今江西崇仁縣西南相山）之間，凡數月而別。奇齡有《留別駱明府》、《同徐二十二嗣定朱三驊元馮大之京商二十八衰黃吉出巴山北城遠眺口號》、《古決絕詞有序》、《別黃吉有序》、《黃吉送甡至石牛渡》、《巴山酒壚送王十孝廉北行》等詩，都應該作於此時期。奇齡此時作《詩札》、《詩傳詩說駁義》，未就〔註67〕。

　　康熙八年（1669），毛奇齡應淮西使君金鎮（字又鑱，浙江山陰人）之邀，前往汝寧，留之三年。毛奇齡云：「予嘗過淮西，（金鎮）

　　　　語語皆淫，固非事理；必以為《鄭風》篇篇皆不淫，亦豈事理哉？且
　　　　人心之所趨向，形於詠歌，不必實有其人其事……此正采風之微旨，
　　　　亦安得概以淫者必不自作一語，遂謂三百篇內無一淫詩也？（（清）永
　　　　鎔等《四庫全書總目》，中華書局1965年版，第145頁）
〔註64〕　（清）毛奇齡，自為墓誌銘〔M〕//毛西河先生全集·墓誌銘·十一，
　　　　清嘉慶陸凝瑞堂刊本。
〔註65〕　（清）施念曾，施愚山先生年譜〔M〕，北京圖書館，北京圖書館藏珍
　　　　本年譜叢刊·第74冊，北京：北京圖書館出版社，1998：386。
〔註66〕　（清）許應鑅修；（清）謝煌纂，（光緒）撫州府志·卷三十八〔M〕，
　　　　清光緒二年刊本。
〔註67〕　（清）盛唐，西河先生傳〔M〕//（清）毛奇齡，毛西河先生全集，清
　　　　嘉慶蕭山陸凝瑞堂刊本。

館予於署堂，躬率諸子設廚食饌，捧衣履，為予治裝歸，而未有厭也。」
〔註68〕毛奇齡於是年暫歸故里，毛氏云：「康熙己酉，予暫還城東里
居，偶揀廢簏，則斯稿（《梅市倡和詩鈔》）在焉。」〔註69〕又云：「予
於康熙己酉，從淮西歸。」〔註70〕在金鎮署中，奇齡對《尚書》《蔡
傳》（朱熹弟子蔡沈作《書集傳》，在明永樂之後，「蔡氏《書集傳》盛
極一時地取代了二孔的《尚書注疏》而占居《尚書》學正宗地位了」
〔註71〕）產生了懷疑，惜無書可以參考，無以辯駁。奇齡日讀《大學》
正文，驗證心意理欲及出入存否。此期間作《尚書廣聽錄》，並校《詩
傳詩說駁義》之未成者。奇齡在此期間創作《九懷詞》，此為懷家鄉而
作〔註72〕。

　　康熙十一年（1672），沈胤范（字康臣，別字肯齋，浙江山陰人。）
典試江南，招奇齡之南京。毛奇齡云：「君（沈胤范）典江南試，撤棘，
招予於烏衣。」〔註73〕又云：「其後招予於白門，盡出其十年來所為詩，
屬予點定。」〔註74〕是歲毛奇齡作《詩傳詩說駁義》成，毛氏云：「予
客江介，有以詩義相質難者，擔摭二家言，雜為短長。予恐世之終惑其
說，因于辨論之餘，且續為記之。世之說詩者，可考鑒焉。」〔註75〕

　　康熙十二年（1673），奇齡暫歸故里，毛奇齡在《皇清敕封文林郎

〔註68〕　（清）毛奇齡，誥授通議大夫江南提刑按察使司按察使金君墓誌銘
　　　　　〔M〕//毛西河先生全集・墓誌銘・三，清嘉慶陸凝瑞堂刊本。
〔註69〕　（清）毛奇齡，梅市倡和詩抄稿書後〔M〕//毛西河先生全集・書後，
　　　　　清嘉慶陸凝瑞堂刊本。
〔註70〕　（清）毛奇齡，楊母九十壽詩文集序〔M〕//毛西河先生全集・序・十
　　　　　七，清嘉慶陸凝瑞堂刊本。
〔註71〕　劉起釪著，尚書學史〔M〕，北京：中華書局，2017：251。
〔註72〕　（清）盛唐，西河先生傳〔M〕//（清）毛奇齡，毛西河先生全集，清
　　　　　嘉慶蕭山陸凝瑞堂刊本。
〔註73〕　（清）毛奇齡，刑部廣西清吏司主事沈君墓碑銘〔M〕//（清）毛奇齡，
　　　　　毛西河先生全集・墓碑銘・一，清嘉慶蕭山陸凝瑞堂刊本。
〔註74〕　（清）毛奇齡，采山堂詩二集序〔M〕//（清）毛奇齡，毛西河先生全
　　　　　集・序・十，清嘉慶蕭山陸凝瑞堂刊本。
〔註75〕　（清）毛奇齡，詩傳詩說駁義〔M〕//（清）毛奇齡，毛西河先生全集，
　　　　　清嘉慶蕭山陸凝瑞堂刊本。

弗庵盧公墓誌銘》云：「予避人東歸，在康熙一十二年，值邑之師氏為定海盧公，以丙午中式第五人解省，典教蕭山。予執摯復業，見其坐皋比，慷慨談議，磊硌而光明，真人師也。」〔註76〕毛奇齡所說的盧公就是盧宜（字公弼，又字佛庵、函赤），康熙十一年到任蕭山教諭。毛奇齡此番歸鄉，應是參加蕭山生員考試。而「鎮遠，予同里先輩也，初任蕭山教官，其時檢討以亡命之餘歸里，得復諸生名籍，怨家不能忘情，多相齮齕。而又以制舉荒落，連試下等。鎮遠獨奇其才，拂拭之備至，檢討亦感之甚，其所謂師弟，非尋常學舍中人比也。」〔註77〕按說，盧宜對奇齡有師恩之情分，毛奇齡在《皇清敕封文林郎弗庵盧公墓誌銘》中也說：「猗嗟吾師，人倫楷模。」但這裡有一個地方需要我們說明，不能為奇齡諱言。全祖望對此云：「乃其集中最後有《辨忠臣不死節》文，則其有關名義，尤可驚愕。其謂『夷、齊亦不得為忠臣，但可為義士』，乖張已極。夫忠臣固不必皆死節，亦幾曾見忠臣之不應死節者。況西河自溯道統，得之高笠先生，而高笠之師凌臺賀氏，以布衣死明季，則是其師傳即已乖謬，西河之師之何也？及溯其本意，則專為《續表忠記》而作，謂其以長平之卒，妄列國殤，而冒託其名以作敘，故辨之。《續表忠記》者，即吾鄉盧函赤所作，前曾保護西河者也。其所作記本不工，其所序事亦間有譌者，然謂以長平之卒妄列，則其記中所立傳，俱屬有名之人，而況是記，俱經西河校定而後出以問世，其序文則直用西河手書雕入冊中，其字畫皆可驗。且西河前在盧門，感其卵翼之恩，執弟子禮，不僅如世俗之稱門生者。雖既貴，寓杭猶時時遣人東渡問訊，而忽毀之於身後，并其《序》亦不肯認，且因此序而發為背道傷義之論。及扣之函赤之子遠，則流涕曰：『是殆為畏禍故也。前者西河固嘗有札來，謂『京師方有文字之禍，先師所著，勿以示人』，則

〔註76〕　（清）毛奇齡，皇清敕封文林郎弗庵盧公墓誌銘〔M〕//（清）毛奇齡，毛西河先生全集‧墓碑銘‧十六，清嘉慶蕭山陸凝瑞堂刊本。

〔註77〕　（清）全祖望，書毛檢討忠臣不死節後〔M〕//（清）全祖望撰；朱鑄禹匯校集注，全祖望集匯校集注，上海：上海古籍出版社，2018：1433。

是辨必其時所作無疑也。予乃歎曰：『有是哉！畏禍而不難背師與賣友，則臨危而亦誠不難背君與賣國矣。忠臣不死節之言，宜其揚揚發之，而不知自愧也。』」〔註78〕

　　全氏所說皆圍繞《續表忠記》而言的，盧宜匯輯的《續表忠記》，據《四庫全書總目》云：「是書記明萬曆以後忠義之士，以明錢士升有《表忠記》記遜國諸臣，故此以續為名。所載凡一百二十三人。然前所載皆死魏忠賢之禍者，後所載皆明末殉節者，而參雜以葉向高、顧憲成、趙南星、鄒元標、馮從吾諸傳，體例不純。」〔註79〕該書載有明末殉節者之事蹟〔註80〕，極易引起清廷統治者的注意，並引來文字殺身之禍。而毛奇齡在康熙三十四年（1695）作《續表忠記敘》〔註81〕：

〔註78〕（清）全祖望，蕭山毛檢討別傳〔M〕//（清）全祖望撰；朱鑄禹匯校集注，全祖望集匯校集注，上海：上海古籍出版社，2018：990。

〔註79〕永瑢等，四庫全書總目〔M〕，北京：中華書局，1965：566。

〔註80〕鄭吉雄在《全祖望論毛奇齡》一文中說：「宋末元初和明末清初的知識分子最重視『氣節』。這兩個歷史時期氣節思想的高漲，基本上是受到朝代遞嬗和外族統治兩方面同時刺激的緣故。尤其明末清初的學者，每每在詩文中流露出對宋末元初忠義之士的懷念與禮讚，因為他們自覺到所處的歷史環境，和宋元知識分子所面對的有許多相似之處。他們或者積極地提倡恢復封建，驅除夷狄；或者消極地在詩文中用『白頭』、『遺老』等詞語來表示自己對新朝衣冠政教的抗拒。」（鄭吉雄《全祖望論毛奇齡》，《臺大中文學報》第七期，1995年，第301～302頁）這樣論述可以解釋盧宜等人作《續表忠記》的動機。

〔註81〕關於《續表忠記敘》的寫作時間，鄭吉雄認為：「奇齡在一六四六年（時年二十四歲）曾參與浙江省的抗清（接上頁）義師，一六五七年開始又因得罪人而捲入殺人案件，逃亡凡十年，其間他替《續表忠記》寫了《序》（假設此事為事實），其後又曾在清政府任職。」（鄭吉雄《全祖望論毛奇齡》，第307頁）案：也許鄭氏因當時條件所限，沒有看到哈佛大學哈佛燕京圖書館藏寄園趙氏藏版《續表忠記》，此版本有毛奇齡《續表忠記敘》。而據毛奇齡最後題款，該敘寫於康熙乙亥（康熙三十四年）仲冬，而鄭以為寫於毛奇齡逃亡之間，應不確。另外一個證據就是國家圖書館藏《續表忠記》八卷，附《春暉樓十三君子表忠詩》一卷。此版本應為康熙三十七年趙吉士刊本。此刊本前有趙吉士的《序》，云：「丁丑夏，四明盧公弼抵輦下，攜所撰述示余。」所謂丁丑應該是康熙三十六年。我們可以這樣假設：盧宜在康熙三十四年之前已經著成《續表忠記》，並在康熙三十四年左右請毛奇齡作敘。而趙

「公翁盧夫子秉性忠孝，又忼愾多氣節。是以通籍未成，急流勇退，乃以杜門之頃，有懷先烈，舉生平所聞見，加以頻年遊宦，往來道途所考索，輯前朝忠藎，表其事而記述之，合若干卷。」〔註82〕全祖望所說《序》就是應該指的是這篇《續表忠記敘》，觀其字體應是毛氏手書，全祖望謂其「字畫甚拙」，〔註83〕且文後有「毛奇齡」和「文學侍從」之印，應該不是偽作，由此可見這一點上，全氏並未厚誣毛奇齡。那麼毛奇齡到底有沒有背叛師門？毛奇齡在《皇清敕封文林郎弗庵盧公墓誌銘》曾評價過《續表忠記》：「（盧宜）既以策對明史起家，而究不得入史館撰史，終抱怏怏。乃就嘉善錢塞菴所作《表忠記》而為之續之，徧搜明代名臣諸列傳，取其有預于致身者，或生或死，或分或合，既勿誣，而又勿軼，鉅節不得遺，而纖細畢備。初成八卷，名《續表忠記》，刻之寄園。而既而再續，復得八卷，刻之江右藩轄署中，假予為序言。乃更以搜討餘力，網羅未盡，遂成三續，則未刻而卒。」〔註84〕盧宜卒於康熙四十七年（1708），那麼這篇《墓誌銘》應該作於當年或稍後一點。毛奇齡《墓誌銘》對於《續表忠記》的評價還算「正常」，和那篇寫於康熙三十四年寫敘言一樣的「正常」。

　　而問題就出現在那篇讓全祖望叫囂怒罵的《辨忠臣不徒死文》。鄭吉雄總結《辨忠臣不徒死文》辨「忠」與「臣」的兩點意見：一是臣看

吉士當看到了盧宜所攜《續表忠記》之後，出其《寄園雜錄》，相與考訂增損，而成修訂版的《續表忠記》。國圖藏本《續表忠記》沒有毛奇齡所作之敘，而哈佛燕京藏寄園趙氏本《續表忠記》則有毛奇齡之敘，兩種藏本應屬於不同的版本系統。對於此書的版本，嚴元照云：「予所見者，其書八卷，有趙吉士、汪灝二序，不見毛序，又不詳初集、二集，殆後來合刻者，非初刻本也。」（《全祖望集匯校集注》，第1434頁）由此看來，國圖本應該屬於後刻本。

〔註82〕（清）毛奇齡，續表忠記敘〔M〕//（清）趙吉士纂修；（清）盧宜匯輯，續表忠記，哈佛大學哈佛燕京圖書館藏清寄園趙氏藏版。

〔註83〕（清）全祖望，書毛檢討忠臣不死節後〔M〕//（清）全祖望撰；朱鑄禹匯校集注，全祖望集匯校集注，上海：上海古籍出版社，2018：1433。

〔註84〕（清）毛奇齡，毛西河先生全集·墓碑銘·十六〔M〕，清嘉慶蕭山陸凝瑞堂刊本。

到君王死了馬上跟著死，並不是「忠」；二是身不在官、名未通籍的平民並不是「臣」，不應該隨便殉國，即使殉國亦不得為忠臣〔註85〕。其實毛奇齡該文的最後一段最讓人覺得祖望對此事叫罵之不為過，奇齡云：「乃今作《表忠記》者，多載此等。且更以用兵所在，不幸冒刃者，皆稱忠臣。如此則長平之卒，盡國殤矣。顧作《表忠》者，假冠予序，恐觀者不諒，謂顛倒名義，自我輩始，則冤抑尤甚。故予於通辨之末，一併及之。」〔註86〕毛氏在最後終於揭示了寫作此篇文章的真實目的，借貶抑《續表忠記》及其師盧宜，從而達到避文字之禍的目的。這篇《辨忠臣不徒死文》則鮮活地體現了奇齡的「良苦用心」，這篇文章寫作的年代應在康熙四十八年之後，此前此後康熙朝屢屢興起的文字獄如莊廷鑨案、何之傑案、戴名世案，也許正是這些驚心動魄的慘案讓毛奇齡決定對昔日恩師出言不遜，急於撇清關係，全祖望以為正是毛西河懼戴名世之案，才有此行為，全氏云：「已而京師有戴名世之禍，檢討懼甚，以手札屬鎮遠子曰：『吾師所表章諸忠臣，有干犯令甲者，急收其書，弗出也。』其子奉其戒惟謹。」〔註87〕而這在全祖望看來，毛氏泯滅了為人的基本原則。

康熙十四年（1675），好友張彬（字南士，浙江山陰人）過禾中，聞奇齡在汝寧金鎮署中，於是隻身涉江溯淮，由潁亳直到汝寧，與奇齡相遇於汝寧城南蔣亭，兩人抱頭痛哭。張彬為奇齡故友，奇齡為仇家所陷，奔走流離於道路十五年。中道潛歸故里，仇家發現其蹤跡。而張彬則引毛奇齡藏身於白魚潭的家中。後又引奇齡藏身於天衣寺，給予其飲食。而今張彬找到奇齡，歷盡艱難困苦，其二人的內心感慨歔歟可想而知。張彬告知毛奇齡：國家屢有赦免之令，而仇家大都散亡殆盡。且姜希轍力主向當事者雪其冤，當事者「以

〔註85〕鄭吉雄，全祖望論毛奇齡，臺大中文學報〔J〕，1995（7）：304。

〔註86〕（清）毛奇齡，辨忠臣不徒死文〔M〕//（清）毛奇齡，毛西河先生全集，清嘉慶蕭山陸凝瑞堂刊本。

〔註87〕（清）全祖望，書毛檢討忠臣不死節後〔M〕//（清）全祖望撰；朱鑄禹彙校集注，全祖望集彙校集注，上海：上海古籍出版社，2018：1434。

奇齡名援舊廩籍例，輸貲入國子，謂之廩監。」〔註88〕於是，二人大遊淮蔡而歸。

　　康熙十六年（1677），奇齡客寓上海縣令任辰旦（字千之，號待庵，浙江蕭山。辰旦為奇齡少時同學，同受業於奇齡之兄毛萬齡〔註89〕）處。康熙十七年（1678），康熙命內外官員舉薦博學鴻儒，謂：「自古一代之興，必有博學鴻儒，振起文運，闡發經史，潤色詞章，以備顧問著作之選……凡有學行兼優、文詞卓越之人，不論已仕未仕，令在京三品以上及科道官員、在外督撫布按，各舉所知，朕將親試錄用。」〔註90〕福建布政使吳興祚（字伯成，遼寧籍，其先為浙江人。康熙十五年隨清軍平閩，授福建按察使，康熙十七年擢為福建巡撫〔註91〕）首先推舉奇齡，因巡撫楊君詬病，故不果行。而分巡寧紹臺道許弘勳（遼陽人。恩蔭。康熙十四年任〔註92〕）向兩浙撫軍陳秉直（奉天襄平人。貢士。康熙十四年，以浙江布政使升任〔註93〕）及浙江布政使李士禎（山東昌邑人。貢士。康熙十四年任〔註94〕）舉薦。眾人互起舉薦，奇齡三上揭子，以無才無學、遲暮多病等理由辭之，「予初辭道府，繼辭布政

〔註88〕（清）毛奇齡，自為墓誌銘〔M〕//毛西河先生全集・墓誌銘・十一，清嘉慶陸凝瑞堂刊本。
〔註89〕關於毛奇齡與任辰旦的關係，毛奇齡《上海縣集課記》云：「予與任君待庵讀書城東之草堂，期為管樂，不期為董龔也。既而遭遇鼎革，予避物去，而待庵以第四人舉於鄉。」（任辰旦《介和堂集》，《清代詩文集彙編》第八十四冊，上海古籍出版社2010年版，第189頁。）而齊召南《待庵任公傳》：「幼奇慧，與同里毛奇齡、王先吉、韓日昌學同師，稱四傑。」（（任辰旦《介和堂集》，《清代詩文集彙編》第八十四冊，上海古籍出版社2010年版，第145頁。）
〔註90〕聖祖仁皇帝實錄・一〔M〕//清實錄・第4冊，北京：中華書局，1985：910。
〔註91〕（清）郝玉麟等修，福建通志・卷二十九〔M〕，清文淵閣四庫全書本。
〔註92〕浙江省地方志編纂委員會編，浙江通志・6〔M〕，北京：中華書局，2001：2981。
〔註93〕浙江省地方志編纂委員會編，浙江通志・6〔M〕，北京：中華書局，2001：2956。
〔註94〕浙江省地方志編纂委員會編，浙江通志・6〔M〕，北京：中華書局，2001：2972。

司及院使,皆不許。」〔註95〕

　　奇齡於是就道,於康熙十七年九月到京。相國馮溥(字孔博,號易齋。康熙十年(1671)授文華殿大學士,曾兩次任會試主考官,在清初延攬士人多人。其中「陳維崧、毛奇齡、吳農祥、吳任臣、王嗣槐、徐林鴻」均出自於其門下,稱之為「佳山堂六子」)為奇齡「預餼廚傳,辟館相待」〔註96〕。毛奇齡《益都相公佳山堂詩集序》云:「暨予以應召來京師,會天子蕃時機,無暇親策制舉,得倣舊例,先具詞業繳丞相府。予因獲隨儕眾謁府門下。適單馬從閣中出,揭剝倒屣,延入為賓客。」〔註97〕京城之東萬柳園為馮溥休沐之地,馮溥邀諸應召來京者,大開宴會,賦詩倡和。奇齡作《萬柳堂賦》,技驚四座,益都稱之為第一,將毛奇齡與陳維崧之賦並稱之。此時奇齡主內閣學士李天馥之家,毛氏云:「予甫至京,閣學李合肥師補薦予,曰:『予不可以失是人也。』即邀予主其家。」〔註98〕奇齡在李天馥宅與李因篤論韻不合,「(李因篤)嘗從吳中顧寧人講韻學,最有名。至是與予辨古韻,數次不勝,即大怒,始而訶喝,繼將加以拳勇,蓋關中習氣如此。」〔註99〕

　　康熙十八年(1679)三月初一,來京與試者於東體仁閣考試,題

〔註95〕　(清)毛奇齡,制科雜錄〔M〕,清昭代叢書本。

〔註96〕　(清)毛奇齡,自為墓誌銘〔M〕//毛西河先生全集・墓誌銘・十一,清嘉慶陸凝瑞堂刊本。

〔註97〕　(清)馮溥,佳山堂詩集,清代詩文集彙編・29,上海:上海古籍出版社,2010:514。

〔註98〕　(清)毛奇齡,制科雜錄〔M〕,清昭代叢書本。

〔註99〕　(清)毛奇齡,制科雜錄〔M〕,清昭代叢書本,(案:全祖望《蕭山檢討別傳》則是這樣表述:「西河雅好毆人,其與人語,稍不合即罵,罵甚繼以毆。一日,與富平李檢討天生會於合肥閣學座,論韻學。天生主顧氏韻說,西河斥以邪妄,天生秦人,故負氣,起而爭,西河罵之。天生奮拳毆西河重傷,合肥素以兄事天生,西河遂不敢校。聞者快之。」(清)全祖望《蕭山毛檢討別傳》,(清)全祖望撰;朱鑄禹匯校集注《全祖望集匯校集注》,上海古籍出版社2018年版,第988~989頁。)

目為一文賦一詩，分別是李天馥所擬的「璇璣玉衡賦」和杜立德所擬「省耕詩」。奇齡前此即二月廿九日吏部過堂時，右手腫爛，遂告病，不欲與試，堅持再三，不許。後雖勉強應試，只能草草完卷。康熙帝閱奇齡卷，見奇齡之賦，有「日升於東，匪彎弓所能落；天傾於北，豈煉石之可補」之句〔註100〕，遂問群臣。馮溥認為《淮南子》有「女媧煉五色石以補蒼天」之句，奇齡化而用之。而康熙卻認為《楚詞・天問》有「女媧有體，孰制匠之」之句，其說法更早於《淮南子》，只是未知傳聞的可信度而已。聽後，眾臣為康熙帝的博學而驚駭萬分。博學鴻儒科取中五十人，其中一等彭孫遹等二十人，二等李來泰等三十人，毛奇齡列為第二等。清廷授奇齡等人翰林院檢討，充史館纂修官。同年入史館，鬮題得明弘、正兩朝紀傳及諸雜傳，奇齡先後起草，共得兩百餘篇〔註101〕。毛奇齡在《復蔣杜陵書》中云：「今同館諸公分為五班，自洪武至正德作五截鬮分，某班祇分得弘、正兩朝紀傳，而志表則均未及焉。某於兩朝中又分得后妃六篇，名臣二十五篇，雜傳一篇，合三十篇。既又以盜賊、土司、后妃三大傳謬相推許，統屬某起草。」〔註102〕毛奇齡在《奉史館總裁劄子》中云：「某以不材，承乏史事，曾經分題起草，為紀傳大小二百餘篇，自啟、禎以前，凡已經鬮擬草本，無不一一完繳在按。」〔註103〕當然撰寫紀傳等史部相當辛苦，需要花費巨大的精力與體力，毛氏說：「今則史館稠雜，除入直外，日就有書人家，

〔註100〕　（清）毛奇齡，制科雜錄〔M〕，清昭代叢書本。
〔註101〕　李塨云：「傳則史館起草二百餘篇，秘不示人，惟取平時所作及史館之備而不用者，存若干首。」此外毛奇齡著有《王文成傳本》，「此即史館列傳中草構本也。館例史官入館，先搜構其鄉大臣事蹟之在群書者，而後鬮分其題，以成之。文成，吾鄉人，因構此本。其後同官尤展成鬮題，得《文成傳》，已取此本作傳訖而草還故處。今錄此者，以為其事核，足以徵信，且亦以為未成之史，非秘笈。言之者無罪，可觀覽焉。」（中辨語系後附入。）（毛奇齡《王文成傳本》卷一）
〔註102〕　（清）毛奇齡，復蔣杜陵書〔M〕//毛西河先生全集・書・七，清嘉慶陸凝瑞堂刊本。
〔註103〕　（清）毛奇齡，奉史館總裁劄子〔M〕//毛西河先生全集・劄子・一，清嘉慶陸凝瑞堂刊本。

懷餅就抄，又無力倩書史代勞，東塗西竊，每分傳一人，必幾許掇拾，幾許考覈，而後乃運斤削墨，僥倖成文。其處此亦苦矣，又況衣食之累，較之貧旅，且十倍艱難者耶。」〔註104〕

康熙二十年（1681）清廷平定雲南吳三桂部之反叛，毛奇齡上《平滇頌》，云：「今者皇宇清寧，聲教四訖，東漸西被，朔南蕩蕩。九野有宴安之娛，八阿無拮抗之異。」〔註105〕奇齡對清廷大上諛詞，章太炎對此云：「康熙時，禁網解，奇齡竟以制科得檢討。吳世璠死，為《平滇頌》以獻。君子惜其少壯苦節，有古烈士風，而晚節不終，媚於旃裘……自是以後，士大夫爭以獻諛為能事，神聖之號溢於私家記錄。」〔註106〕奇齡於是年十一月十三日作《歷代樂章配音樂議》、《增定樂章議》，奇齡所謂：「今天下大定，功成樂作，考訂鍾律，正在此時。」〔註107〕毛氏又謂：「今大功既定，樂律未備，自宜速為釐定以揚功德。」〔註108〕康熙二十四年（1685）三月初三，毛奇齡上《康熙甲子史館新刊古今通韻》〔註109〕疏，毛氏云：「今天下車書一家，滿

〔註104〕（清）毛奇齡，復蔣杜陵書〔M〕//毛西河先生全集・書・七，清嘉慶陸凝瑞堂刊本。

〔註105〕（清）毛奇齡，平滇頌〔M〕//毛西河先生全集・頌，清嘉慶陸凝瑞堂刊本。

〔註106〕章太炎著；朱維錚校點，訄書・重訂本〔M〕//《章太炎全集》（第一輯），上海：上海人民出版社，2014：596。

〔註107〕（清）毛奇齡，歷代樂章配音樂議〔M〕//毛西河先生全集，清嘉慶陸凝瑞堂刊本。

〔註108〕（清）毛奇齡，增定樂章議〔M〕//毛西河先生全集，清嘉慶陸凝瑞堂刊本。

〔註109〕關於毛奇齡的《古今通韻》在清初韻學的地位，平田昌司認為：「《古今通韻》很可能曾有一度被列為清朝官韻的重要候選對象。但毛奇齡對《禮部韻略》的修訂似乎受到了不少文人的反對……後來康熙二十四年毛氏『假歸，得痺疾。遂不復出』，《古今通韻》未能在翰林院繼續擴大影響，最後幾乎被人遺忘。」（（日）平田昌司《文化制度和漢語史》，北京大學出版社2016年版，第219頁。）平田昌司又云：「毛奇齡《古今通韻》、楊錫震《古今詩韻注》未能獲得清朝欽定的地位，一個重要原因可能是這兩部韻書都還沒有把滿人『國語』放在視閾裏。」（平田昌司《文化制度和漢語史》，第220頁。）

文漢字昭然畫一，上自章牘，下逮券契，皆歷歷遵守，獨於韻學多未定者。」〔註110〕奇齡又說：「先是制試時，上精於韻學，兼以韻押定甲乙。凡旂旗逢夆，剖析極嚴。予因于修史之暇，攄臆所見，稍加以考識，著韻書十二卷，名《古今通韻》，進之御前。」〔註111〕從奇齡這段話，我們可以看出其撰寫《古今通韻》的動機，其目的仍是藉以希寵，利己之私心昭然若揭。而康熙帝覽《古今通韻》，稱之善，「遂發其冊，貯閣中……使宣付史館，並敕禮部知其事」〔註112〕。此年會試，欽點奇齡為同考第一，後入鑴院，閱《春秋》房卷。毛奇齡於是年援遷葬之例，乞假在籍。奇齡在康熙二十五年（1686）請急歸里，後因痺疾不復出。

　　毛奇齡自入史館到康熙二十五年請急歸里之間，毛奇齡參與了一場學術爭論：即《明史》是否應該設立《道學傳》及王陽明是否列入《道學傳》等問題上進行爭論，所謂：「既而文成一傳，館中紛紛，有言宜道學者，有言宜儒林者，有言宜勳臣者。」〔註113〕毛奇齡與張烈（字武承，號孜堂。舉康熙十八年博學鴻儒科，「其學以程朱為宗，深疾陽儒陰釋之徒，以閑邪衛道為己任」〔註114〕）等人發生了激烈爭論，毛氏對《明史》立《道學傳》予以反對，主張王陽明應入《儒林傳》，對於張烈反對陽明心學的學說予以駁斥。毛奇齡在歸里之後對於此事還耿耿於懷，作了《折客辨學文》、《辨聖學非道學文》兩篇文章予以申明自己的主張。我們將在《博學鴻儒科與毛奇齡的文人心態》一章重點論

〔註110〕（清）毛奇齡，康熙甲子史館新刊古今通韻〔M〕，哈佛大學漢和圖書館藏清康熙二十三年史館新刊本。

〔註111〕（清）毛奇齡，自為墓誌銘〔M〕//毛西河先生全集・墓誌銘・十一，清嘉慶陸凝瑞堂刊本。

〔註112〕（清）毛奇齡，自為墓誌銘〔M〕//毛西河先生全集・墓誌銘・十一，清嘉慶陸凝瑞堂刊本。

〔註113〕（清）毛奇齡，折客辨學文〔M〕//毛西河先生全集，清嘉慶陸凝瑞堂刊本。

〔註114〕王鍾翰點校，清史列傳・第17冊〔M〕，北京：中華書局，1987：5290～5291。

述，此不贅述。

　　毛奇齡在康熙二十五年以遷葬歸里，後因痺疾，乞病在籍。歸里後覓城東故居，門巷傾側，櫥壁枵然無一書，而仲兄錫齡已逝，奇齡惟有慟哭不已。康熙二十八年（1689）康熙帝南巡至浙，奇齡扶病迎駕於西陵渡口，康熙帝遣侍衛問其病症。後康熙帝回程，又親問奇齡所得疾病。奇齡感恩戴德，作有《紀恩詩》。康熙三十二年（1693），奇齡作《仲氏易》三十卷、《春秋毛氏傳》三十六卷。此年康熙在午門喻以樂律之法，即所謂「徑一圍三隔八相生之法」，奇齡又作《聖諭樂本解說》二卷、《皇言定聲錄》八卷。康熙三十七年（1698），李塨如杭，向毛奇齡請教樂律，「蠡吾李塨聞先生樂律有神解，走三千里執業，凡三日，盡得其五音二變四清七調九聲十二管並器色旋宮之法。先生大驚，乃盡出其所著，令其校讀。」〔註115〕李塨寄奇齡信：「自聞樂歸，恍然若頗測其涯涘，尋能歌者問歌法，能樂器者問色譜，以與《樂律》相質對，乃覺元音真在當前矣。」〔註116〕毛奇齡則寄書云：「以講求古樂一事，千里命駕，已堪駭世。況兩日而業已卒，豈漢、唐後豎儒小生所能到者？直千秋一人而已！弟年七十五，不意遇此奇士，天之所鍾，諒非人事所能矣。」〔註117〕

　　康熙三十八年（1699），康熙再次南巡，毛奇齡至行在，進《樂本解說》刻本一帖，康熙帝諭獎之，並敕改刻本訛字而宣付專行。於是年，《西河合集》刻成，此年毛奇齡七十七歲。《西河合集》包括《仲氏易》三十卷、《推易始末》四卷、《河圖洛書原舛編》一卷、《太極圖說遺議》一卷、《易小帖》八卷、《易韻》四卷、《尚書冤詞》八卷、《尚書廣聽錄》五卷、《舜典補亡》一卷、《國風省篇》一卷、《毛詩寫官記》

〔註115〕（清）盛唐，西河先生傳〔M〕//（清）毛奇齡，毛西河先生全集，清嘉慶蕭山陸凝瑞堂刊本。

〔註116〕（清）馮辰纂；（清）惲鶴生校；孫鏘重修，李恕谷先生年譜・卷三〔M〕//陳山榜點校，李塨集・下，北京：人民出版社，2014：1770。

〔註117〕（清）馮辰纂；（清）惲鶴生校；孫鏘重修，李恕谷先生年譜・卷三〔M〕//陳山榜點校，李塨集・下，北京：人民出版社，2014：1771。

四卷、《詩札》二卷、《詩傳詩說駁義》五卷、《白鷺洲主客說詩》一卷、
《昏禮辨正》一卷、《廟制折衷》二卷、《大小宗通繹》一卷、《北郊配
位尊西向議》一卷、《辨定嘉靖大禮議》二卷、《辨定祭禮通俗譜》五
卷、《喪禮吾說篇》十卷、《春秋毛氏傳》三十六卷、《春秋條貫篇》十
一卷、《春秋屬詞比事記》十卷、《論語稽求篇》七卷、《大學證文》四
卷、《大學知本圖說》一卷、《四書剩言》四卷、《聖諭樂本解說》二卷、
《皇言定聲錄》八卷、《竟山樂錄》四卷、《大學問》一卷、《孝經問》
一卷、《周禮問》二卷、《明堂問》一卷、《學校問》一卷、《郊社禘祫問》
一卷、《經問》十八卷、《彤史拾遺記》六卷、《武宗外紀》一卷、《後鑒
錄》七卷、《蠻司合志》十五卷、《御覽史館新刊古今通韻》十二卷、《奏
疏》一卷、《館議》二卷、《館課擬文》一卷、《揭子》一卷、《史館剳子》
二卷、《誥詞》一卷、《頌》一卷、《擬為司賓客答問辭》一卷、《聖孝詞》
一卷、《擬連珠詞擬廣博詞》二卷、《九懷詞》一卷、《擬連廂詞》一卷、
《填詞》六卷、《誄詞》一卷、《賦》五卷、《續哀江南賦》一卷、《詞業
小賦》一卷、《雜體詩》五十六卷、《書》五卷、《牘》一卷、《箋》一卷、
《序》三十三卷、《跋引弁首題題詞緣起》二卷、《書後》一卷、《碑記》
十卷、《雜傳》十一卷、《墓表》四卷、《墓碑銘》三卷、《墓誌銘》十六
卷、《神道碑銘》四卷、《塔誌銘》二卷、《事狀》四卷、《記事》一卷、
《集課記》一卷、《馮太傅年譜》一卷、《說》一卷、《錄》一卷、《制科
雜錄》一卷、《後觀石錄》二卷、《越語肯綮錄》一卷、《蕭山縣志刊誤》
三卷、《湘湖水利志》三卷、《杭州志三詰三誤辨》一卷、《杭州治火議》
一卷、《詩話》八卷、《詞話》三卷、《天問補注》一卷、《曾子問講錄》
四卷、《韻學要指》十一卷、《策問》一卷、《表》一卷、《雜說》十卷，
共四百九十三卷。

　　康熙四十二年（1703），康熙帝再次南巡。毛奇齡謁行在，康熙帝
賜御書一道，皇太子賜睿書一道並屏聯一副，在奇齡看來是無限的榮
光。康熙四十八年（1709），毛奇齡著成《四書改錯》，認為「《四書》

無一不錯」，把矛頭直接對準了朱子〔註118〕。朱克敬《儒林瑣記》云：「（毛奇齡）掊擊宋儒尤力，嘗縛草為人，像朱子侍立，讀朱傳有弗善者，詰難扑責，以示貶辱。晚年病痺，口囈而卒，時以為攻訐古人被陰譴云。」〔註119〕當然朱氏表述有因果報應之冷嘲熱諷，但奇齡對於程朱理學絕無喜好卻是事實。

　　康熙五十一年（1712），毛奇齡毀《四書改錯》之印板，全祖望對此云：「抑聞西河晚年雕《四書改錯》，摹印未百部，聞朱子升祀殿上，遂斧其板。然則禦侮之功亦餒矣，其明哲保身亦甚矣。」〔註120〕晚年的毛奇齡仍不改其善辯的性格，此時的他以經學考訂為主要興趣，所謂：「第先生特重經學，嘗以老疾，不能全注《書》、《禮》及《論語》、《中庸》為恨。而詞賦夥夥，屏棄惟恐後，是以海內求文字者日絡繹衢路，皆一概謝去……至於文稿遺亡，則竟置勿問。」〔註121〕他與姚際恒（字立方，號首源，安徽新安人，毛奇齡的諍友）討論《周禮》，毛氏謂：「近姚立方作《偽周禮論注》四本，桐鄉錢君館於其家多日，及來謁，言語疏率，瞠目者久之，囁囁嚅嚅而退。然立方所著，亦不示我。但索其卷首，總論觀之，直紹述宋儒所言，以為劉歆作，予稍就其卷首

〔註118〕 關於《四書改錯》的寫作動機，朱維錚認為：「康熙帝南巡曾三度垂顧於他，顯然令他樂昏了頭，竟以為今上是他的知己。為報龍恩，他於八十六歲仍力疾完成《四書改錯》定稿，準備面呈康熙，期待皇帝宣判朱熹的《四書章句集注》非孔孟原典。他沒料到康熙關注『理學真偽』，『崇正學』是假，『黜異端』是真。」（朱維錚《重讀近代史》，中西書局 2017 年版，第 82 頁。）而戴名世《南山集》案「首先驚破了毛奇齡的帝師夢。他沒有料到康熙在借戴名世案殺難儆猴的同時，又高調尊朱，將朱熹提升入孔廟正殿，與孔門十哲並肩，等於宣告朱熹道學是孔門道統的唯一真傳。」（朱維錚《重讀近代史》，第 82～83 頁。）

〔註119〕 （清）朱刻敬，儒林瑣記〔M〕//周駿富輯，清代傳記叢刊 13，明文書局，1985：116。

〔註120〕 （清）全祖望，蕭山毛檢討別傳〔M〕//（清）全祖望撰；朱鑄禹匯校集注，全祖望集匯校集注，上海：上海古籍出版社，2018：990～991。

〔註121〕 （清）盛唐，西河先生傳〔M〕//毛西河先生全集，清嘉慶蕭山陸凝瑞堂刊本。

及宋儒所言者略辨之。惜其書不全見，不能全辨，然亦見大概矣。」〔註122〕他與閻若璩（字百詩，號潛丘，山西太原人）論《古文尚書》真偽問題，毛氏對閻氏批評不留情面：「昨承示《尚書疏證》一書，此不過惑前人之說，誤以《尚書》為偽書耳。其于朱陸異同，則風馬不及，而忽詬金溪，並及姚江，則又借端作橫枝矣。」〔註123〕接下來的話則近同於謾罵了：「今人於聖門忠恕，毫釐不講，而沾沾于德性問學，硬樹門戶，此在孩提稚子，亦皆有一詆陸闢王之見存於胸中，以尊兄卓識而拾人牙慧，原不為武。然且趨附之徒，借為捷徑，今見有以此而覬進取者。」〔註124〕

　　毛奇齡不光在書信中討論這些問題，還在學術之會中申明自己的學術主張。奇齡很願意參加這樣聚集爭辯之會，毛奇齡與閻若璩辨《古文尚書》正是通過這些爭辯之會闡釋自己主張的。毛奇齡《經問》附《古文尚書冤詞餘錄》，詳細記載毛奇齡與閻若璩的爭辯過程，毛氏云：「康熙四十一年，淮安閻潛丘挾其攻《古文尚書》若干卷，名曰《疏證》，同關東金素公來，亦先宿姚立方家，而後見過。但雜辨諸經疑義，並不及古文一字。次日復過予時，金素公、沈昭嗣、倪魯玉、姚立方俱在坐，偶及顧亭林《日知錄》論禮一條，謂『天子諸侯絕期，惟恐以期喪廢祭事也』。予顧在坐眙愕，謂『古禮並無以期喪廢祭事之文』，此是何說？因微有詰辨，遂罷。」〔註125〕奇齡看到眾人眙愕之情，只會增加詰辨的興趣，當然他最在意的還是與閻若璩辯難《古文尚書》情形：「又踰日，與潛邱集顧摺玉宅，適禾中朱竹垞來，坐中語及潛邱所著。予劇言《春秋》無父子同為大夫之事，又言《四書釋地》所記闕里是錯，

〔註122〕（清）毛奇齡，與李恕谷論周禮書〔M〕//毛西河先生全集・書・七，清嘉慶蕭山陸凝瑞堂刊本。

〔註123〕（清）毛奇齡，與李恕谷論周禮書〔M〕//毛西河先生全集・書・七，清嘉慶蕭山陸凝瑞堂刊本。

〔註124〕（清）毛奇齡，與李恕谷論周禮書〔M〕//毛西河先生全集・書・七，清嘉慶蕭山陸凝瑞堂刊本。

〔註125〕（清）毛奇齡，經問・十八〔M〕//毛西河先生全集，清嘉慶蕭山陸凝瑞堂刊本。

又言《毛朱詩說》不宜引王柏、程敏政謬說作據，潛邱俱唯唯。」〔註126〕閻若璩著有《四書釋地》、《毛朱詩說》、《潛丘劄記》等，毛奇齡針對其著作的內容予以糾正，閻氏卻是「唯唯」，沒有當面與毛氏爭辯，也許奇齡在閻氏眼裏就是長輩，毛奇齡在淮上時，與閻若璩的父親閻修齡有過交往，毛奇齡曾有《集閻修齡若璩父子即席》詩云：「賓朋王謝貴，父子庾徐賢。」〔註127〕毛氏批判閻潛丘著作的最終目的還是要批判其《古文尚書疏證》之荒謬，閻若璩別去，道經吳尺鳧家，傳信給毛奇齡：「為我致毛先生，老友無幾人能直言教我，我方感之，豈有所芥蒂？特欲我毀所著《疏證》，則不能。但各行其是，可耳。」〔註128〕毛氏惡言相向終於讓閻若璩承受不住了，其「各行其是」已經是極度抑制情緒的客氣話了。方楘如《吳徵君傳》相當形象地刻畫了一個為學術爭論而爭論不休，唾沫橫飛的毛奇齡：「（吳農祥）晚與陸培、毛奇齡、徐林鴻為飲酒難老之會，月一會，會則榷文史。一日偶及興獻禮並牽連濮安、懿王事。奇齡以司馬光、楊廷和議非是，詈詞狼藉，口角流沫，墮餐飯中。徵君伺其間，為一難以送之，奇齡亦未有應。」〔註129〕只有一種情況才讓毛奇齡停下爭辯的行動：當毛奇齡身體情況不佳時，才興盡作罷，「先生著《大學知本》一書，痛示下學，使作聖工夫當前可行，而特不設講，不置語錄。曾有請講於仁和沈氏園者，赴坐五十人，說《大學》大意及《禮記》、《曾子問》，而終以病發，遽罷。」〔註130〕

〔註126〕（清）毛奇齡，經問·十八〔M〕//毛西河先生全集，清嘉慶蕭山陸凝瑞堂刊本。

〔註127〕（清）毛奇齡，集閻修齡若璩父子即席〔M〕//毛西河先生全集·五言律詩·卷二，清嘉慶蕭山陸凝瑞堂刊本。

〔註128〕（清）毛奇齡，經問·十八〔M〕//毛西河先生全集，清嘉慶蕭山陸凝瑞堂刊本。

〔註129〕（清）方楘如，吳徵君傳〔M〕//方楘如，集虛齋學古文，清代詩文集彙編·228冊，上海：上海古籍出版社，2010：702。

〔註130〕（清）盛唐，西河先生傳〔M〕//毛西河先生全集，清嘉慶蕭山陸凝瑞堂刊本。

康熙五十五年（1716），毛奇齡卒。奇齡在《自為墓誌銘》中云：
「予死，不冠不履，不沐浴，不易衣服，不接受弔客。」〔註131〕盛唐
謂：「先生遺命，以曾髡髮為頭陀，獲罪功令。且出門不親視贈公含殮，
痛于心。故不冠不履，不含殮、不沐浴易衣，不接弔客，惟覆朝服於無，
上以答謝君恩而已。」〔註132〕盛唐較為簡要明瞭回答了奇齡遺命的箇
中緣由，盛唐又云：「既而葬後，請私諡。盛唐曰：『古有以字為諡者，
先生嘗自以受姓郡，號稱西河矣，得母字與號，俱可稱乎？』眾曰：
『善。』于是學者稱『西河先生』。」〔註133〕此為毛奇齡諡號的來由。

最後，需要說明的是，關於毛奇齡的生平，有人曾經寫信給毛奇
齡，謂其生平有四大疑點：「先生天壽平格，主持聖教，每一言出，則天
地局脊為之一開。顧伏讀《經集》卷首，則可疑者四：一云夢番僧到門，
寄以度牒；二云以頭陀居士林，斁壞名教；三云高笠僧授古本《大學》；
四云以曾髡發為頭陀，獲罪功令，遺命不冠襪沐浴。竊意先生本聖賢再
出，或星嶽所降有之，何至有番僧授牒之兆。雖高笠授受淵源難忘，顧
不必僧也。若遺命不冠襪，則恐非正命矣。斯世多忮人，即象山、陽明
以心性立教，猶然以禪宗目之。今以初生、避難、授道、遺言四則，皆
歸之僧，後將若之何？先生偶未思及耶？」〔註134〕此人的疑點歸結為毛
奇齡生平緣何與佛家有關，懷疑其本人是否就是釋家之人，從以上四點
來看。毛奇齡針對王草堂的疑問，從自己生平經歷一一作了解答，否認
自己是釋家中人。此外自己學問之文字未嘗闌入佛氏，毛氏云：「乃若僕
之學問，深媿不足，然自分拂閩洛，不拂洙泗，幸傳後世，則知我罪我
一聽之。顧定無有言近佛者，以平日不喜言學，第言，亦竝未嘗有一字

〔註131〕（清）毛奇齡，自為墓誌銘〔M〕//毛西河先生全集·墓誌銘·十一，
　　　　清嘉慶陸凝瑞堂刊本。
〔註132〕（清）盛唐，西河先生傳〔M〕//毛西河先生全集，清嘉慶蕭山陸凝
　　　　瑞堂刊本。
〔註133〕（清）盛唐，西河先生傳〔M〕//毛西河先生全集，清嘉慶蕭山陸凝
　　　　瑞堂刊本。
〔註134〕（清）毛奇齡，復王草堂四疑書〔M〕//毛西河先生全集·書·卷八，
　　　　清嘉慶蕭山陸凝瑞堂刊本。

闌入佛氏。或為浮屠作文字，得縱橫言之，然為彼家說，未嘗為此間道也。此猶賦山者，儘言山，水不得而強坐之；詠物者，儘言物，人不得而妄認之也。」〔註135〕奇齡認為自己學問從孔子為代表的儒家中來，並不是從滲透著佛家思想的程朱理學中來（毛奇齡至少是這樣認為的）。且儒家和佛家本來就是水火不同，圓枘方鑿。因而，奇齡認為自己並不是釋家之人。當然這裡也可以看出毛奇齡極力與佛家撇清關係，其內心卻似乎想隱藏著什麼，當然我們過於深文周納也無必要，暫且不論。

第二節　毛奇齡的文學活動

　　毛奇齡不僅是一個經學研究著稱的經學家，還是一個傑出的文學家。他還精通繪畫、書法、音樂等，是一個全能型的天才。而其早年取得的文學成就是非凡的。毛奇齡自幼便能文，「總角，舉諸生，一月中取小試第一者四。爾時先兄萬齡先在學有名，人呼予『小毛生』」〔註136〕。少時華亭陳子龍曾評奇齡文為「才子之文」〔註137〕。王晫《今世說》云：「（毛奇齡）善詩歌樂府填詞，所為大率託之美人香草，以寫其騷激之意。纏綿綺麗，按節而歌，使人淒悅，又能吹簫度曲。」〔註138〕施閏章《毛子傳》云：「甡所為詩，率託之美人香草，以寫其騷激之意，纏綿綺麗，小詞雜曲，亦復縱橫跌宕，按節而歌，使人淒悅……生平長於治詩，取毛鄭諸家，折衷其說，著《毛詩省篇》。今舊集多毀，存詩詞若干卷，友人蔡大敬為刻行於世。論者謂以沈宋之法，行溫李之詞。時罕及者。」〔註139〕四庫館臣評價毛奇齡文學上的成績：「奇齡之

〔註135〕（清）毛奇齡，復王草堂四疑書〔M〕//毛西河先生全集·書·卷八，清嘉慶蕭山陸凝瑞堂刊本。

〔註136〕（清）毛奇齡，自為墓誌銘〔M〕//毛西河先生全集·墓誌銘·十一，清嘉慶陸凝瑞堂刊本。

〔註137〕（清）施閏章撰，施愚山集·1〔M〕，合肥：黃山書社，2014：347。

〔註138〕（清）王晫撰，今世說〔M〕，商務印書館，1935：4。

〔註139〕（清）施閏章撰，施愚山集·1〔M〕，合肥：黃山書社，2014：347～348。

文縱橫博辨，傲睨一世，與其經說相表裏，不古不今，自成一格，不可以繩尺求之。然議論多所發明，亦不可廢。其詩又次於文，不免傷於猥雜，而要亦我用我法，不屑隨人步趨者，以餘事觀之可矣。」〔註140〕又云：「奇齡填詞之功，較深於詩。」〔註141〕而晚年的毛奇齡傾全力投入到經學考訂之中，對於早年的文學作品採取了不聞不問的輕視態度。毛奇齡弟子李塨曾說：「先生詩已刻、未刻合一萬餘首，嗣君遠宗與學人同收存五千零首，共五十四卷……及歸田後，學者請較先生詩，先生不答，且曰：『姑舍之。』」〔註142〕毛奇齡本人在《淮安袁監州七十壽序》中說：「自六十歸田後，悔經學未擴，杜門闡《書》、《易》、《論語》《大學》及《三禮》、《春秋》。曰晚矣，惟懼不卒業，日暮途遠，却筆札醻酢。客有以詩文造請者，直再拜謝不敏。以故碑版銘誄及諸屏幛所有詞，率人自為文，而署予以銜。雖詞有好惡，勿計也。」〔註143〕而晚年的毛奇齡完全拋棄文學創作絕無可能，康熙四十三年（1704），毛奇齡與朱彝尊泛遊西湖之上，作《錢湖記事詩》五題，凡十首〔註144〕。此年毛奇齡八十二歲。

　　毛奇齡在鼎革之際曾經與黃運泰編選《越郡詩選》。在《越郡詩選》裏有關毛奇齡詩作也選了一部分，這些詩作有風雅體兩首、古樂府五首、五言古詩四首、六言古詩三首、七言古詩六首、五言律詩八首、五言排律三首、七言律詩十一首、五言絕句二首、七言絕句四首。毛奇齡詩作《崇蘭》、《堯之岡》、《似豔歌何嘗行》、《似豔歌行》、《那呵灘》、《似猛虎行》、《似董逃行》、《從南屏入南高峰憩新庵淨室》、《於湖心至一橋留晚家莊》、《憩孤山》、《還止西陵宋右之欽序三陸予敬訪予勤公

〔註140〕（清）永鎔等，四庫全書總目〔M〕，北京：中華書局，1965：1524。
〔註141〕（清）永鎔等，四庫全書總目〔M〕，北京：中華書局，1965：1827。
〔註142〕（清）李塨，序二韻卷首〔M〕//毛西河先生全集清嘉慶陸凝瑞堂刊本。
〔註143〕（清）毛奇齡，毛西河先生全集·序·卷二十九〔M〕，清嘉慶陸凝瑞堂刊本。
〔註144〕張寅彭主編，清詩話三編·2〔M〕，上海：上海古籍出版社，2015：851。

講堂》、《塞下曲》、《武進惲仲升過話》、《送姚江黃晦木之三吳》、《早秋夜歸湘湖》、《秋望》、《送葉聖野還歸吳門》、《海昌沈寅工陸冰修過訪等文園高峰》、《送賈生之關中》、《與祁奕喜赴曲水社集》、《送高臣虎還南湖》、《寄陸水冰》、《初春送人之吳江令詢顧茂倫沈留侯諸子》、《送徐伯調遊揚州》、《壽豫章李少宗伯》，這些《越郡詩選》詩作可以梳理一下毛奇齡早年的文學交遊活動。《越郡詩選》所選的包秉德《贈毛大可諸子》、高彥彪《客舍懷毛大可》、姜廷梧《夢毛大可》、《毛大可入郡留宿芳樹齋賦贈》、張彬《寄毛大可》、王雅禮《贈毛大可四十六韻》、沈禹錫《毛大可以新詩見示是愈我病喜而酬之作》、沈胤范《贈毛大可》，大致瞭解一下毛奇齡早年與其他詩家互動交流情況。毛奇齡在早年時期，還曾與祁氏女性詩人群體有過文學互動，比如運用詩歌唱和和評點等形式與她們進行交流。此外還與王端淑等女詩人也展開文學互動與交流。本文在《毛奇齡與明末清初女性詩人群體》一章中，進行相關的探討。

　　毛奇齡流亡時期，參加了一些文學活動。最為著名的就是康熙二、三年間，避難淮安山陽，張新標（字鞠存，號淮山，山陽人）大會名士於曲江樓，毛奇齡在八月十五之夜，扣槃而賦《明河篇》，凡六百餘言，一時傳寫殆遍。其詩云：「明河潔潔秋夜長，草頭露白生微霜。淮陰客子感秋節，愁坐各言衣帶涼。東山釣史臥淮浦，私喜涼秋及三五。蹈海誰牽八月槎，臨淮須伐三洲鼓。三洲鍾鼓淮水濱，八月乘槎好問津。邀得江南流浪子，迎將河朔冶遊人。江南河朔兩相望，河水星光兩搖漾……紅粧紫幔兩相映，水面燈前看不定。明河將月蕩為煙，皓月連湖瀉成鏡。明河皓月乍流沒，彷彿天星墮天末……明河垂垂露華滋，良會何時再能得。賦就明河夜未闌，皦皦東方又將白。」〔註145〕這首七言古詩自然清新，緊扣「明河」二字，情感深厚，詩動曲江之樓。施閏章對此說：「繁絲襪吹，靡靡傷情，若大可者，真是才

〔註145〕（清）毛奇齡，毛西河先生全集・七言古詩・卷二〔M〕，清嘉慶陸凝瑞堂刊本。

子。」〔註146〕《明河篇》一時傳寫殆遍，傳為美談，由此可見毛奇齡的文學造詣非同一般了。在淮期間，毛奇齡還與淮南名士作詩歌聯句，毛奇齡在《楊園聯句》之《序》中云：「毛甡與淮南名士作晨夕遊，臘月遊楊園，亭臺雅勝，友朋好合，因請聯句，環相限韻，頃刻而成。」〔註147〕康熙四年，毛奇齡赴江西吉安，毛奇齡三赴湖西講堂，除與楊洪才等人辨詩之外，也與不少同好進行文學互動與交流。在此期間，毛奇齡有《春暮飲湖西署同陳二舍人沈二徵君即席》、《長至夜讌集湖西署通賦》、《施湖西白鷺洲講席贈蕭孟昉》等詩。

　　毛奇齡在應召博學鴻儒科及入史館修史期間，也參與了一些文學活動，其中較為重要的文學活動是萬柳堂修禊等活動，所謂「每歲逢上巳，夫子（馮溥）必率門下士修禊其中，飲酒賦詩，竟日而散」〔註148〕。毛奇齡即席為《萬柳堂賦》，云：「若夫城南杜曲，郭內張田，坊名履道，地類平泉。上宰欽賢之館，相公獨樂之園。開丙舍於廣陸，尋午橋之通川。綠野匪伊闕之舊，藍田出輞水之間……故其為樹也，以千章之材為百年之計。郁郁菲菲，狘獵旖旎。綏山一桃，渤海九李。階下來禽，林間新雊。乃有紅羅館後之梅，碎錦坊南之杏。青門五色之瓜，烏椑八稜之柿……恍淑氣之移人，攬遙情而自喜。置身冥栢之鄉，曠望熊山之阯。離塵垢之紛紜，與天地為終始，因錫之以嘉名，渺躊躕而不已。」〔註149〕據毛奇齡《萬柳堂賦》之《序》說，此賦同名作者三十人，馮溥推奇齡之作為第一。喬萊（字子靜，江蘇寶應人。博學鴻儒科一等，授翰林苑侍讀）抄寫此賦一遍，假稱己作。曹禾（字頌嘉，號未庵，又號峨嵋，江蘇江陰人。博學鴻儒科二等，授翰林院編修）卻認為此非西

〔註146〕（清）毛奇齡，毛西河先生全集‧七言古詩‧卷二〔M〕，清嘉慶陸凝瑞堂刊本。

〔註147〕（清）毛奇齡，毛西河先生全集‧排律‧卷二〔M〕，清嘉慶陸凝瑞堂刊本。

〔註148〕（清）毛奇齡，西河詩話〔M〕//張寅彭主編；吳忱，楊焄點校，清詩話三編，上海：上海古籍出版社 2014：810。

〔註149〕（清）毛奇齡，毛西河先生全集‧賦‧卷三〔M〕，清嘉慶陸凝瑞堂刊本。

河不能，此為毛奇齡之文學才華的又一證明。此外，毛奇齡有詩作《陪益都夫子長椿寺觀劇奉和原韻》、《雪中陪益都相公請沐善果寺即事奉和原韻》、《又和益都夫子雪中游園口號原韻》、《奉和益都夫子雪中游祝氏園林原韻》等等，都是毛奇齡與馮溥等人的文學互動。

康熙辛酉（1681），毛奇齡與馮溥等人遊善果寺歸，奇齡與馮溥同和陳維崧《雪詩》長句，作紀事詩，所謂「使一人唱韻，一人給寫，信口占叶，不計停刻。時王二舍人、胡大文學在旁知狀，凡四十二句，片刻各就。」〔註150〕毛奇齡後來給馮溥通信說：「某向侍夫子時，比日五十刻，能作詩千句，文一萬贏字。今相距十年，比日作一詩，必三輟筆；為雜文一篇，作十日怔悸不止，可為隱痛。」〔註151〕奇齡當時文思泉湧，一天之中，為詩一千句，字數上萬字，與後來歸里之後一詩三輟筆、一文作十日形成鮮明的對比。奇齡入鑾院，領十八房考，與同考官也有倡和之作。詳載《西河詩話》卷五，茲不贅述。此外，除了倡和之作，毛奇齡還有一種紀事詩，也反映了毛奇齡的文學活動，《西河詩話》載：「予入館後多紀事詩，今無一存者。嘗憶康熙甲子元旦陪宴太和殿，有詩，時漢宮各賜漢饌，大異常制；人日厚載門陳百戲，有詩；元夕後一日，南海子觀宮人燈舞，有詩；瀛臺引見，許各官醬魚，喜得朱鬣小魚二尾，有詩；閩海蕩平，紀事有詩；朝班見暹羅、流球、高麗、安南諸國使入賀，有詩；冊立皇貴妃侍班，即事有詩；上諭修史官各協同撰纂，毋執己見，命閣臣到史館披宣，感頌有詩；祈穀南郊迎駕，歸過施侍讀故邸，同高檢討感賦有詩。」〔註152〕

除了倡和之作和紀事之作外，毛奇齡參與了討論詩歌風氣問題的討論活動，馮溥曾集眾人於萬柳堂大言宋詩之弊，倡導溫柔敦厚的唐

〔註150〕（清）毛奇齡，西河詩話〔M〕//張寅彭主編；吳忱，楊焄點校，清詩話三編，上海：上海古籍出版社 2014：828。

〔註151〕（清）毛奇齡，西河詩話〔M〕//張寅彭主編；吳忱，楊焄點校，清詩話三編，上海：上海古籍出版社 2014：828。

〔註152〕（清）毛奇齡，西河詩話〔M〕//張寅彭主編；吳忱，楊焄點校，清詩話三編，上海：上海古籍出版社，2014：839。

詩風，毛奇齡參與其中並深受馮溥主張的影響。本文在《毛奇齡與清初
唐宋詩之爭》中進行了相關的探討。毛奇齡的歸里之後，文學創作活動
非常少，精力都集中在經學研究之中了。但是毛奇齡文學活動也有一
些。比如上文提到的康熙四十年與朱彝尊等人同遊西湖，還有奇齡過
同年陸茞（字義山，號雅坪，浙江平湖人）之寓處，與吳陳琰（字寶崖，
一字芊町，浙江錢塘人）和孫嘯夫（此人未詳）討論唐宋詩之區別。《西
河詩話》云：「時吳寶崖、孫嘯夫在坐，謂近學宋詩者皆以唐詩為籠統，
不若宋人寫情事暢快，真不可解。適子襄宅屏聯書『文章舊價留鸞掖，
桃李新陰在鯉庭』句，予即顧之曰：『此唐楊汝士詩也，亦知是詩所由
賦乎？當寶曆中，楊嗣復領貢舉，值其父於陵僕射自東洛入覲。嗣復率
門生迎父潼關，開宴於新昌里第。時元、白俱在坐，請即席賦詩。及汝
士詩成，元白見之，皆失色。當時所謂『壓倒元白』是也。夫只此二句，
不過一修飾唐律，何便使元、白折服，傳為話柄？正以當時情事紆曲難
道，且欲於聲律中概括簡盡，則此二句未易矣。假令是題倩學宋者再賦
之，丈人在堂，賓客在牖，門生兒子，前拜後拜，當不知作幾許惡態，
而謂唐人慣籠統，不識何等！』」〔註153〕

　　此外，他對弟子文學作品的指點，也是一種文學活動。邵廷采曾
記下老師教導：「毛西河老師曰：『碑版敘事，別有三昧。左、史、班孟
後，唯陳、范二史俱有其法。下此，雖韓退之，全然不懂，但生撰字句，
面目不出。廬陵頗傑，而眉山失之甚遠。有明以來，具文而已。念魯論
理議事之文，俱本經術；而於傳志紀述，又登堂入室，才大如此，何患
不傳？為之稱快不已。』」〔註154〕又：「毛西河師曰：『文以零散見屬
續，此是古法。』」〔註155〕而毛奇齡詩歌唐音格調的主張影響到了弟子

〔註153〕　（清）毛奇齡，西河詩話〔M〕//張寅彭主編；吳忱，楊焄點校，清詩
　　　　　話三編，上海：上海古籍出版社，2014：836。
〔註154〕　（清）邵廷采，思復堂文集〔M〕，杭州：浙江古籍出版社，1987：
　　　　　195。
〔註155〕　（清）邵廷采，思復堂文集〔M〕，杭州：浙江古籍出版社，1987：
　　　　　297。

的詩歌創作，《兩浙輶軒錄》評王錫詩引朱彭之語：「百朋詩格純正，頗近唐人。昔為毛西河太史所賞。」〔註156〕《兩浙輶軒錄》評沈季友之詩引諸錦之語：「沈學詩得法于毛西河，故其格律、音調頗追盛唐高秀之氣，遠出當湖群彥。」〔註157〕《兩浙輶軒錄》評陳至言，謂：「毛奇齡數稱之，謂能手古人三義八法之意而不變，所謂工生於才、達生於明者。」〔註158〕並引《定香亭筆談》：「青崖（陳至言）弱冠負詩名，其五七言律體雄秀深蔚，有酷似毛西河者……宜西河之亟賞之也。」〔註159〕這裡需要說明的是，關於陳至言的《菀青集》，四庫館臣認為：「今觀所作，以藻繢為主，音繁節壯，頗似《西河集》中語，宜奇齡之喜其類已也。」〔註160〕《兩浙輶軒錄》明顯繼承四庫館臣的說法，鄧之誠對此則有不同看法：「詩五古極遒煉，律絕明秀，文多儷體，無纖仄之習。散文不為八家所囿，體格俱不甚類毛奇齡。奇齡方標唐音，以其不學宋人，且鄉里後進才士，故獎藉之。提要以為藻繢，音繁節壯，宜奇齡喜其類已，殆未審觀也。」〔註161〕

　　毛奇齡還有的文學活動就是編選詩歌選本著作，早年與黃運泰編選《越郡詩選》，我們上文已提到。早年毛奇齡還曾編選《越州三子詩》，毛氏云：「少選越詩，越無多詩人也。既而作《越州三子詩》，三子之外，往來倡和者，仍寥寥也。」〔註162〕晚年毛奇齡編選《唐七律選》、《唐人試帖》。另外，毛奇齡對於《西廂記》進行評點，也是一項早年

〔註156〕（清）阮元撰；楊秉初輯，夏勇整理〔M〕，兩浙輶軒錄3，杭州：浙江古籍出版社，2012：730。

〔註157〕（清）阮元撰；楊秉初輯，夏勇整理〔M〕，兩浙輶軒錄3，杭州：浙江古籍出版社，2012：738。

〔註158〕（清）阮元撰；楊秉初輯，夏勇整理〔M〕，兩浙輶軒錄3，杭州：浙江古籍出版社，2012：744。

〔註159〕（清）阮元撰；楊秉初輯，夏勇整理〔M〕，兩浙輶軒錄3，杭州：浙江古籍出版社，2012：744。

〔註160〕（清）永瑢等，四庫全書總目〔M〕，北京：中華書局，1965：1668。

〔註161〕鄧之誠，清詩紀事初編〔M〕，上海：上海古籍出版社，1984：840。

〔註162〕（清）毛奇齡，盛玉符詩序〔M〕//毛西河先生全集·序·三十二，清嘉慶陸凝瑞堂刊本。

的文學活動。本章下節將分別對其版本、內容等進行討論。毛奇齡還參與評定詩人詩文集，如訂正毛鳴岐《菜根堂集》（《清代詩文集彙編》第100 冊）、評點王先吉《容安軒詩鈔》（《稀見清代四部輯刊》，第五輯，第 78 冊）、評點茹泰《漫興篇》（南開大學圖書館藏康熙十五年刻本），校馮溥《佳山堂集》（《清代詩文集彙編》第 29 冊），選編胡榮《容安詩鈔》（中國國家圖書館藏清康熙刻本套印本）、王嗣槐《桂山堂文選》（清代詩文集彙編》第 73 冊），刪定李天馥《容齋千首詩》（清代詩文集彙編》第 138 冊）、刪選王錫《嘯竹堂集》（清代詩文集彙編》第 206 冊）。

第三節　毛奇齡重要的文學著作考述

　　毛奇齡的文學作品集中在《西河文集》中，所以本文首先對《西河文集》進行考釋。而毛氏還有《越郡詩選》、《瀨中集》、《毛姓論釋〈西廂記〉》、《唐七律選》、《唐詩試帖》、《西河詩話》、《西河詞話》等文學著作，本文將對其版本、成書過程、主要內容等方面逐一進行討論。

《西河文集》

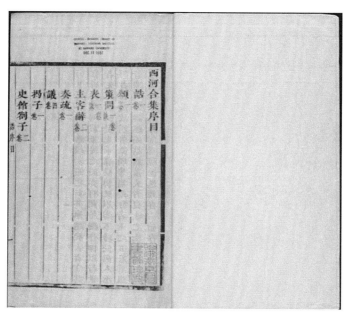

（《毛西河先生文集》，哈佛大學燕京圖書館藏清康熙五十九年（1720）
刻本）

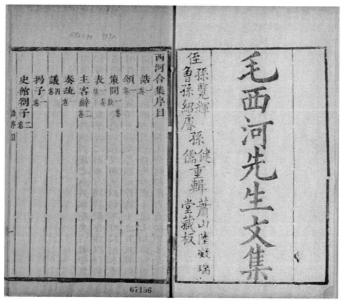

（《毛西河先生文集》，清嘉慶陸凝瑞堂刊本）

　　《西河文集》重要的版本有：康熙三十八年（1699）李塨等人刊刻《西河合集》本；康熙五十九年（1720）西河門人蔣樞等人刊刻《西河合集》本；乾隆十年（1754）書留草堂刻本；乾隆三十五年（1770）陸體元修補重印本；嘉慶元年（1796）蕭山陸凝瑞堂刻本〔註163〕。此外還有四庫全書本（乾隆寫本）。影印的版本有：由政協杭州市蕭山區文史工作委員會編《西河合集》本，杭州出版社 2003 年版，應是根據《四庫全書》本影印而成；《清代詩文集彙編》第八十七冊、第八十八冊、八十九冊影印《西河文集》，底本據「清康熙刻西河合集本」，但《彙編》本未說明是康熙三十八年刊本，還是康熙五十九年刊本。按照其編輯姓氏與參校姓氏的後面還附有重輯姓氏來看，其版本應該屬於康熙五十九年蔣樞等人刊刻《西河合集》本。學苑出版社 2015 年出版《毛奇齡全集》，據袁逸在此書前言說：「蒙浙江圖書館慷慨應允，許以館藏康熙十七年刻本《西河合集》為底本，使本次影印有了良好的物質基礎。」〔註164〕但是仔細考察此版本應該屬於康熙五十九年（1720）的版本系統，理由是：該版本《卷首》有西河門人蔣樞的識語，其最後日期署為：「康熙庚子臘月中澣，同里門人蔣樞識」，康熙庚子為康熙五十九年。還有一個證據就是盛唐《西河先生傳》後附有編輯姓氏和參較姓氏，此版本除了附有原刻本李塨等人的名單，也附有重輯姓氏名單，列有蔣樞等人姓名，證明此版本應是康熙五十九年重修本。《西河文集》的整理本有：王雲五主編《萬有文庫》之《西河文集》本，共十四冊，商務印書館 1937 年版。北京大學《儒藏》編纂與研究中心主編《儒藏》精華版第二七一、二七二冊（北京大學出版社 2018 年版）。《儒藏》本「以康熙五十九年版為底本，以影印文淵閣《四庫全書》本為校本」（閻寶明、趙友林、馬麗麗《校點說明》），進行校點整理，較為便利研

〔註163〕閻寶明、趙友林、馬麗麗，西河文集・校點說明〔M〕//儒藏・精華編・271，北京：北京大學出版社，2018：150～151。

〔註164〕（清）毛奇齡纂；龐曉敏主編，毛奇齡全集・第 1 冊〔M〕，北京：學苑出版社，2015：2。

究者使用。

　　以上是《西河文集》的版本情況，那麼毛奇齡取得文學成就較高，其所擅長的文體也是較多的。因為嘉慶蕭山陸凝瑞堂刊本的《毛西河先生全集》收錄毛奇齡著作較為完備，我們以此為標本，討論其文集的內部組成部分，涉及到具體毛奇齡著作的版本情況。《毛西河先生文集》收錄《誥》一卷、《頌》一卷、《主客辭》二卷、《奏疏》一卷、《揭子》一卷、《史館劄子》二卷、《史館擬判》一卷、《書》八卷、《牘劄》一卷、《箋》一卷、《序》三十四卷、《引》一卷、《弁首》一卷、《題》一卷、《題詞》一卷、《題端》一卷、《跋一卷》、《書後》一卷、《碑記》十一卷、《傳》十一卷、《王文成傳本》二卷、《墓碑銘》二卷、《墓表》五卷、《墓誌銘》十六卷、《神道碑銘》二卷、《塔誌銘》二卷、《事狀》四卷、《易齋馮公年譜》一卷、《記事》一卷、《集課記》一卷、《說》一卷、《錄》一卷、《制科雜錄》一卷、《後觀石錄》一卷、《越語肯綮錄》一卷、《何御史孝子祠主復位錄》一卷、《湘湖水利志》三卷、《蕭山縣志刊誤》三卷、《杭志三詰三誤辨》一卷、《天問補注》一卷、《館課擬文》一卷、《折客辨學文》一卷、《答三辨文》一卷、《釋二辨文》一卷、《辨聖學非道學文》一卷、《辨忠臣不徒死文》一卷、《古禮今律無繼嗣文》一卷、《古今無慶生日文》一卷、《禁室女守志殉死文》一卷、《勝朝彤史拾遺記》六卷、《武宗外紀》一卷、《後鑒錄》七卷、《蠻司合志》十五卷、《韻學要指》十一卷、《賦》四卷、《九懷詞》一卷、《誄文》一卷、《詩話》八卷、《詞話》二卷、《填詞》六卷、《擬連廂詞》一卷、《二韻》三卷、《五言三韻律》一卷、《七言三韻律》一卷、《六言詩》一卷、《七言絕句》八卷、《排律》六卷、《七言古詩》十三卷、《五言律詩》六卷、《七言律詩》十卷、《七言排律》一卷、《五言格詩》五卷、《徐都講詩》一卷。

　　下面對上述文體的收錄情況做一梳理，那麼具體到各種文體版本、存佚等情況做一具體討論，本文主要是根據《毛西河先生文集》中《序目》、《識語》等加以整理與說明。首先，關於誥頌等文體，西河門

人莫春園（字東怡，浙江蕭山人）說：「先生少經憂患，垂暮登朝。又以病不時侵，出入承明者日淺，故所著誥、頌等篇，擬作者十之五。及解組南歸，肆力諸經，而篇籍散失者復十之七，如誥詞，則館稿不存。樂錄，則奏疏全佚。判存六，牘存廿五，箋存三十四，則其他之歷星霜而蝕風雨者何限，又況表策諸大篇，盡書缺有間者乎……故讀《主客辭》，雖憲體於曼倩、子雲，而以視《賓戲》、《達旨》、《應間》、《釋誨》、《客傲》諸子，有過之無不及也……若先生之《平滇》、《聖恩》、《聖德神功》三頌，典矣實矣，何麗之足云？至誥詞古雅，奏議精詳，以儷淮南，以式臺閣，無不可者。而若書若判，若揭劄若箋牘，又皆咀漢魏六朝之華，漱宋唐大家之潤。」﹝註165﹞那麼奇齡所作誥詞，據莫氏所說「館稿不存」，那麼《西河文集》的誥詞從哪而來的呢？據《毛西河先生文集》之誥詞《前言》：「初晴館稿俱不存，茲從同館周贊善抄本錄入，只十之一耳。」﹝註166﹞而對於奇齡的《主客辭》，莫春園認為其效法的對象是司馬相如、楊雄，但又能出其變化之外。至於書、判、揭、劄、箋、牘，則是繼承前人之精華，本之於經典大家。

　　西河所作序、題題詞題端、引弁首、跋、書後緣起等，莫春園說：「今海內名人鉅公眾矣，然而學老文鉅，名在天壤者，惟先生一人。以故凡有所撰次，率取正於先生，而丐一言以為重。今集中所存，雖不及百之一，而得恃先生之推挽以傳於後，詎不厚幸？至於題跋所加，皆足破千古之疑而傳來者之信，又非特如唐宋諸家稍廣見廣者可以絜量已矣。」﹝註167﹞具體到奇齡之《序》，共三十四卷。《毛西河先生文集》之序前有舊評云：「西河傳志，自史漢以下，書記自魏晉以下，雜著自六朝以下，序自韓柳以下。」﹝註168﹞說明奇齡之《序》淵源有自，承

﹝註165﹞　（清）莫春園，誥序目〔M〕//毛西河先生全集，清嘉慶陸凝瑞堂刊本。

﹝註166﹞　（清）毛奇齡，毛西河先生全集·誥詞〔M〕，清嘉慶陸凝瑞堂刊本。

﹝註167﹞　（清）莫春園，序序目〔M〕//毛西河先生全集清嘉慶陸凝瑞堂刊本。

﹝註168﹞　（清）毛奇齡，毛西河先生全集·序·卷一〔M〕，清嘉慶陸凝瑞堂刊本。

繼韓柳之文風。毛奇齡之序文無制舉氣，姜希轍認為：「西河《序》間架仍是八家，要其凌厲縱變、激昂沉著，無矜情稚理、羸質佻詞之病，則豈近習所到耶？」〔註169〕而《序》之存佚現狀則是：「《西河集》惟《序》最多，今所存十之二耳。其他代人文字，則原無錄稿，並鮮纂入。」〔註170〕對於《引》這種文體，共一卷，「《兼本雜錄》列引在序跋後，今另分一卷。」〔註171〕《兼本雜錄》為毛奇齡著作集之一，未見。施閏章曾寫信向王士禎推薦過毛奇齡，信中提及毛氏《兼本雜錄》，施氏云：「毛氏《兼本雜錄》往未寓目，頃迫索之。緣空拳北首，不能印行，就篋中數冊攜來，到時都盡……先生固不惜齒牙者也，能以一語進退天下士者也。」〔註172〕施氏此信應該是託王士禎為毛奇齡及著作揄揚，使其廣知於天下之士。對於《題》，共一卷，「西河出遊時所題，尚載一二。若都下作，則並無一存。此本《空居日鈔》。舊與題詞合一卷，在弁首後。」〔註173〕《空居日鈔》為毛氏舊刻，已佚。至於《跋》，共一卷。史訥齋（名廷柏，浙江蕭山人。）曰：「西河諸跋，要是不著意矜煉，而煉極而後得之。故雖信意掣掉，波瀾沕然。」〔註174〕所謂毛奇齡之跋不經意鍛鍊剪裁而信意為之，然文脈波瀾有致。

　　毛奇齡《碑記》文，共十一卷。西河門人李塨云：「此先生碑版文也，先生早知名，遠近碑版爭欲得先生一言以為榮。奈丁年出門，垂暮登朝，及還鄉而年已老矣。碑記存者十之七，係嗣君遠宗所纂。」〔註175〕至於《傳》，共十一卷。據段潤秀《毛奇齡與〈明史〉修纂新探》

〔註169〕（清）毛奇齡，毛西河先生全集・序・卷一〔M〕，清嘉慶陸凝瑞堂刊本。
〔註170〕（清）毛奇齡，毛西河先生全集・序・卷一〔M〕，清嘉慶陸凝瑞堂刊本。
〔註171〕（清）毛奇齡，毛西河先生全集・引〔M〕，清嘉慶陸凝瑞堂刊本。
〔註172〕（清）施閏章撰，施愚山集・1〔M〕，合肥：黃山書社，2014：552。
〔註173〕（清）毛奇齡，毛西河先生全集・題〔M〕，清嘉慶陸凝瑞堂刊本。
〔註174〕（清）毛奇齡，毛西河先生全集・跋〔M〕，清嘉慶陸凝瑞堂刊本。
〔註175〕（清）李塨，序碑記卷首〔M〕//毛西河先生全集清嘉慶陸凝瑞堂刊本。

考證：「毛氏《傳》十一卷有以下幾個特點：第一，卷一至卷七傳以傳主官職或諡號稱呼；而卷八至卷十一則為傳主名。第二，卷一、卷六、卷七中有些不是史館擬傳，而卷二、卷三、卷四、卷五、卷八至卷十一則均為史館擬傳。〔註176〕李塨云：「《傳》則史館起草兩百篇，秘不示人，惟取平時所作及史館之備而不用者，存若干首。」〔註177〕《毛西河先生文集》錄《傳》十一卷，其中《傳》卷一，一名《蕭山三先生傳》；《傳》卷二、卷三，一名《越州先賢傳》；《傳》卷四，一名《五忠傳》；《傳》卷五，一名《分纂同郡循吏孝子節婦雜傳》；《傳》卷六，一名《崇禎二撫傳》。《傳》卷八、卷九、卷十、卷十一為《列朝備傳》，「凡屬史館所分題，而與史文有異同者，謂之備傳」〔註178〕。《毛西河先生文集》錄《墓表》五卷、《墓碑銘》二卷、《墓誌銘》十六卷、《神道碑銘》二卷、《塔誌銘》二卷，李塨云：「若墓文則皆先生自去之，無雜入者。塨從先生遊，見杭人慶弔，凡生日、移居、上官、遷秩，率用先生文以飾屏障，即尋常貽贈，一方一幅，必署先生名，傳視珍重，然而皆贗鼎也。至墓塔勒石，公然以偽文裝潢，拜跪相餉，即先生見所勒本置不辨。」〔註179〕

　　《毛西河先生文集》錄有《記事》一卷、《說》一卷、《錄》一卷、《制科雜錄》一卷、《後觀石錄》一卷、《越語肯綮錄》一卷、《何御史孝子祠主復位錄》一卷、《湘湖水利志》三卷、《蕭山縣志刊誤》三卷、《杭志三詁三誤辨》一卷、《天問補注》一卷。莫春園云：「今次第先生記事諸篇，自國家大典以及方言地志、軼事異聞，另成一帖，亦猶行先生之意也。夫傳記雜家之興，濫觴於漢，至唐宋而彌漫極矣，通考可復

〔註176〕段潤秀，毛奇齡與《明史》修纂新探〔J〕，紅河學院學報，2009，（第1期）。

〔註177〕（清）李塨，序碑記卷首〔M〕//毛西河先生全集清嘉慶陸凝瑞堂刊本。

〔註178〕（清）毛奇齡，毛西河先生全集·傳·卷八〔M〕，清嘉慶陸凝瑞堂刊本。

〔註179〕（清）李塨，序碑記卷首〔M〕//毛西河先生全集清嘉慶陸凝瑞堂刊本。

也。然事或不實，實或不文且富；著或不傳，傳或不久且顯。此通志患也，而於先生何有哉？是用勒成為書，以告來哲。」〔註180〕毛奇齡還有《館課擬文》一卷、《折客辨學文》一卷、《答三辨文》一卷、《釋二辨文》一卷、《辨聖學非道學文》一卷、《辨忠臣不徒死文》一卷、《古禮今律無繼嗣文》一卷、《古今無慶生日文》一卷、《禁室女守志殉死文》一卷。莫春園云：「先生讀書講學，壹以宣明義理為主，而故實隨別白焉……憶先生自康熙乙酉歸城東草堂，余始得從述齋夫子後，親承教誨，乃先生發一解，樹一義，猶河漢而無極。」〔註181〕其中《館課擬文》有《三江考》，為第一課，范必英（字龍仙，號秋濤，江南吳縣人。）檢討擬題；有《九江考》，為第二課，施閏章侍讀擬題。毛奇齡有《賦》四卷、《九懷詞》一卷、《誄文》一卷。莫春園云：「茲讀先生集，詞班珠玉，色儷雲霞，非獨度沈捨潘，實則提楊挈賈。世之君子，讀先生之書者，收其實於經學，而採其華於文辭，號曰通才，照耀千古，奚愧焉！」〔註182〕西河之賦，有「芊眠渺靡，一往多麗」〔註183〕的審美特徵，其創作「以六朝新體為楚漢妙裁」〔註184〕，其效法的對象如西河好友蔡仲光所說：「度取江淹，而江無其形似；思規庾信，而庾遜其宕曳。」〔註185〕毛奇齡有《詩話》八卷、《詞話》二卷、《填詞》六卷、《擬連廂詞》一卷。莫春園云：「不言之言，言有在也，經學、史學是也。不言之言，言固在也，詩話、詞話是也。學者知此，思過半矣，

〔註180〕 （清）莫春園，記事序目〔M〕//毛西河先生全集，清嘉慶陸凝瑞堂刊本。

〔註181〕 （清）莫春園，館課擬文序目〔M〕//毛西河先生全集，清嘉慶陸凝瑞堂刊本。

〔註182〕 （清）莫春園，賦序目〔M〕//毛西河先生全集，清嘉慶陸凝瑞堂刊本。

〔註183〕 （清）毛奇齡，毛西河先生全集·賦·卷一〔M〕，清嘉慶陸凝瑞堂刊本。

〔註184〕 （清）毛奇齡，毛西河先生全集·賦·卷一〔M〕，清嘉慶陸凝瑞堂刊本。

〔註185〕 （清）毛奇齡，毛西河先生全集·賦·卷一〔M〕，清嘉慶陸凝瑞堂刊本。

胡必皸先生之舌為！乃若連廂一詞，曲子耳，於詩為派別，於詞為枝流。元人以之決科，明人以之調笑。而先生則固非漫然作者，以端風俗、以正人心，興觀群怨，獨非詩意也哉！」〔註186〕具體到《西河詩話》，除了《西河合集》八卷本（康熙刻、乾隆印、嘉慶印），還有一卷本：分別是昭代叢書本（道光刻）；清宣統三年上海文瑞樓石印本；清刻本〔註187〕。張寅彭等《西河詩話提要》云：「此書另流行有一卷本，係摘錄八卷本中康熙帝玄燁之事蹟而成，僅二十四則，初由漲潮輯入《昭代叢書》，後各家翻刻，多據此一卷本，八卷原本幾為所掩。」〔註188〕而《西河詩話》八卷本記錄了「上自宮闈秘閣，下及市俗名物之牽繫於詩者，隨所見聞，信筆書來，頗存明末清初壇坫之妝貌。」〔註189〕

　　而《西河詞話》二卷本除《西河合集》本（康熙刻、乾隆印、嘉慶印）外，還有四庫全書本（乾隆寫）〔註190〕。《四庫總目提要》云：「是奇齡填詞之功，較深於詩。且本為小技，萌於唐而成於宋，亦不待援引古書，別為高論。故所說轉不支離。其論沈去矜詞韻一條，尤為精覈。論辛棄疾、蔣捷為別調，亦深明源委。……然自宋以來撰詩話者多，撰詞話者較少。奇齡是編，雖不及徐釚《詞苑叢談》之采摭繁富，門目詳明，然所敘論，亦足備談資。故削其《詩話》而錄存是編焉。」〔註191〕此外，《西河詞話》還有整理本，唐圭璋先生主編《詞話叢編》本，中華書局 1986 年版。鍾振振在《〈詞話叢編〉本〈西河

〔註186〕（清）莫春園，詩話序目〔M〕//毛西河先生全集，清嘉慶陸凝瑞堂刊本。

〔註187〕中國古籍總目編纂委員會編，中國古籍總目・集部・6〔M〕，北京：中華書局；上海：上海古籍出版社，2012：3197～3198。

〔註188〕（清）毛奇齡，西河詩話〔M〕//張寅彭主編；吳忱，楊焄點校，清詩話三編，上海：上海古籍出版社，2014：765。

〔註189〕（清）毛奇齡，西河詩話〔M〕//張寅彭主編；吳忱，楊焄點校，清詩話三編，上海：上海古籍出版社，2014：765。

〔註190〕中國古籍總目編纂委員會編，中國古籍總目・集部・7〔M〕，北京：中華書局；上海：上海古籍出版社，2012：3417。

〔註191〕（清）永瑢等，四庫全書總目〔M〕，北京：中華書局，1965：1826～1827。

詞話〉、〈遠志齋詞衷〉斠正》一文〔註192〕指出句讀、標點等處的錯誤，可參看。

　　毛奇齡《填詞》六卷，卷一是「原調」詞，較者注：「本稿雜列。今照詞例小令、中調、長調。因析隋唐題特作一卷，名《原調》。其中《菩薩蠻》、《小重山》等，微近宋調者，悉分別之。」〔註193〕而《填詞》卷五，較者注云：「此諸調雜列者。前四卷本姜汝長所選刻，名《當樓集》，此未刻本，從散抄中輯入。」〔註194〕由此可知，《毛西河先生文集》的《填詞》卷一至卷四是取自於奇齡單行本著作《當樓集》，卷五則是從其他地方抄撮而成。考《當樓集》一卷，版本有清康熙間文芸閣刻本，中國國家圖書館和上海圖書館藏〔註195〕。毛奇齡《當樓詞》一卷，收入聶先、曾王孫《百名家詞鈔》（一百卷本）（中國國家圖書館藏清金閶綠蔭堂刻本）〔註196〕。另《毛翰林詞》五卷，中國國家圖書館藏清抄本〔註197〕。《中國古籍總目》詞類別集之屬還著錄毛奇齡《桂坡詞》一卷，版本有名家詞鈔六十種本（清抄）〔註198〕，所謂《桂坡集》應是《桂枝集》。從源流和風格上講，而奇齡之詞「借徑溫韋，直溯庾徐」〔註199〕，「一本詩教，故溫麗其體，而精深其旨，若其語則工

〔註192〕湯一介著，文史新瀾紀念論文集〔M〕，杭州：浙江古籍出版社，2003：167～180。

〔註193〕（清）毛奇齡，毛西河先生全集·填詞·卷一〔M〕，清嘉慶陸凝瑞堂刊本。

〔註194〕（清）毛奇齡，毛西河先生全集·填詞·卷五〔M〕，清嘉慶陸凝瑞堂刊本。

〔註195〕中國古籍總目編纂委員會編，中國古籍總目·集部·3〔M〕，北京：中華書局；上海：上海古籍出版社，2012：1104。

〔註196〕中國古籍總目編纂委員會編，中國古籍總目·集部·7〔M〕，北京：中華書局；上海：上海古籍出版社，2012：3247。

〔註197〕中國古籍總目編纂委員會編，中國古籍總目·集部·7〔M〕，北京：中華書局；上海：上海古籍出版社，2012：3304。

〔註198〕中國古籍總目編纂委員會編，中國古籍總目·集部·3〔M〕，北京：中華書局；上海：上海古籍出版社，2012：1104。

〔註199〕（清）毛奇齡，毛西河先生全集·填詞·卷一〔M〕，清嘉慶陸凝瑞堂刊本。

妙備矣。」〔註200〕具體的各種詞體源流上，「小令、中調宗李、秦、張、晏諸君，長調稍及周、柳，總取其當家者，以花間、草堂不同時，小令、長調又不同體也……隨體填合，不務一格，要其斷不為辛、蔣諸惡習，則自有坊域耳。」〔註201〕由此可見，奇齡之詞不名一家，自成一格。

毛奇齡有《二韻》三卷、《五言三韻律》一卷、《七言三韻律》一卷、《六言詩》一卷、《七言絕句》八卷、《排律》六卷、《七言古詩》十三卷、《五言律詩》六卷、《七言律詩》十卷、《七言排律》一卷、《五言格詩》五卷、《徐都講詩》一卷。李塨《序二韻卷首》：「先生詩已刻未刻合一萬餘首，嗣君遠宗與學人同收，存五千零首，共五十四卷，然尚非先生意也……且舊有《夏歌》、《瀨中》二集行世，世爭購之。既而《夏歌》無存者。曾刻《古今樂府》於淮西，亦不存。及歸田後，後學者請較先生詩，先生不答，且曰：『姑捨之。』因私取《瀨中》所剩者，雜以《鴻路堂詩鈔》、《丹攤雜詩》，合諸笥所剩而匯為斯集，舊刻《越州三子詩選》、《越郡詩選》、《空居日抄》諸集一概不錄。」〔註202〕《夏歌集》、《瀨中集》、《古今樂府》、《鴻路堂詩鈔》、《丹攤雜詩《越州三子詩選》、《越郡詩選》、《空居日抄》均為毛奇齡早年刻本或寫本。除《瀨中集》、《越郡詩選》還存外，其他均未見。二韻三卷，二韻即為五言絕句，「西河五絕有《江行》數十首，似仿錢吳興者，今不存。」〔註203〕其來源為「絕句刻本惟《越選》數章而已，其他悉從《空居日抄》與《鴻路堂》本。」〔註204〕五言三韻律一卷，較者注云：「唐有三韻詩，然概入五、七古耳……西河原抄本名『小律』，又名『玉臺律』，取『庾玉臺

〔註200〕（清）毛奇齡，毛西河先生全集·填詞·卷一〔M〕，清嘉慶陸凝瑞堂刊本。
〔註201〕（清）毛奇齡，毛西河先生全集·填詞·卷三〔M〕，清嘉慶陸凝瑞堂刊本。
〔註202〕（清）毛奇齡，毛西河先生全集·序二韻卷首〔M〕，清嘉慶陸凝瑞堂刊本。
〔註203〕（清）毛奇齡，毛西河先生全集·二韻·卷一〔M〕，清嘉慶陸凝瑞堂刊本。
〔註204〕（清）毛奇齡，毛西河先生全集·二韻〔M〕，清嘉慶陸凝瑞堂刊本。

腳短三寸』語也。又名『未完律』，又名『殘律』、『俏律』，有百數十首。今存者十之三矣。另列，不入古，從新也。但不稱『小律』諸名，恐驚人也。然此亦西河創體云。」〔註205〕

《六言詩》一卷，較者注云：「西河六言詩舊無存者，只《越選》中二首、《吳越選》中二首，盡入樂府。」〔註206〕《毛西河先生全集》六言詩部分，選有《短歌行》、《破陣樂詞商調曲》、《僧舍除夕答沈效見懷原韻》、《行橫山過華嚴寺》、《湖上吟》、《送客》等。《越郡詩選》，六言詩部分收錄毛奇齡《欸乃曲》（黃運泰評價云：「古歌之遺，其撢援處似猶有和聲。」又云：「起致悽悢。」〔註207〕）、《鴻資北歸出瘐瓢示予索賦云得之孔檜中》（黃運泰評價云：「六字句不廢佻靈，意致回復。」〔註208〕）。

《七言絕句》八卷，楊賦臣評價云：「大可七絕，於三唐無所不有，融情雋旨，流風眇靡，祛宋之嗇色，捐明之飾容，興會所屆，侵濫入妙，即以之律唐之三調、五調諸樂詞，亦寧有戾音焉。」〔註209〕舊選評云：「抒清怨之風思，擅文明之雅調。」〔註210〕

《排律》六卷，此處應指的是五言排律，排律「即長律。又名聲律。唐取士用此體，只六韻耳」〔註211〕，「西河自抄稿名《空居日抄》，

〔註205〕 （清）毛奇齡，毛西河先生全集・五言三韻律〔M〕，清嘉慶陸凝瑞堂刊本。
〔註206〕 （清）毛奇齡，毛西河先生全集・六言詩〔M〕，清嘉慶陸凝瑞堂刊本。
〔註207〕 （清）黃運泰；（清）毛奇齡，越郡詩選・卷三〔M〕，上海圖書館藏清刻本。
〔註208〕 （清）黃運泰；（清）毛奇齡，越郡詩選・卷三〔M〕，上海圖書館藏清刻本。
〔註209〕 （清）毛奇齡，毛西河先生全集・七言絕句・卷一〔M〕，清嘉慶陸凝瑞堂刊本。
〔註210〕 （清）毛奇齡，毛西河先生全集・七言絕句・卷一〔M〕，清嘉慶陸凝瑞堂刊本。
〔註211〕 （清）毛奇齡，毛西河先生全集・排律・卷一〔M〕，清嘉慶陸凝瑞堂刊本。

蓋取《長卿傳》『時時著書，人又取去，即空居也』。出遊後家人又毀之，它人有存者則匿之矣。故已刻、未刻多未合，且有為人更篡移易者，惟七律、排律二卷，不甚缺略。但別稿舊有《靈隱寺》詩，有《春雪》詩，皆膾炙人口，今又不存，則遺落可知也。」〔註212〕另，毛奇齡還有《七言排律》一卷。

　　《七言古詩》十三卷，「西河七古較他體易輯，大抵《鴻路堂抄本》十之八，諸選刻本十之二。特諸刻互異，參錯不合，以選時爭相改竄故也。今悉從原稿改正。七古《空居》本尚有存逸者，如《駿馬行》、《柳橋行》、《江東游女歌》、《冬青樹歌》、《神堯皇帝大閱圖歌》、《從軍行》、《軍中行路難》、《隴頭吟》、《樹中草》、《燕歌行》、《哀江南》諸詩。」〔註213〕由此得知，《七言古詩》大部分是由《鴻路堂抄本》抄入，其他少部分來源於《空居日抄》。

　　《五言律詩》六卷，較者云：「五律，舊刻不入一首，未刻藏稿無存者。大概所輯皆出遊作，然此亦西河本意也。」〔註214〕。舊評曰：「五律須筆深而致長，西河從齊梁初唐間人取徑，而入之氣調，出以標格，故往往筆在行間，致深文外。」〔註215〕

　　《七言律詩》十卷，較者云：「西河七律以神景、開大為歸，故用氣擒詞，用詞馭意，俱有獨至，其中偶涉融雋處，要是故為元和後法，非流及也……西河自言曰：「酬應者十九，宴遊者十一，登臨感寄無聞焉。」工拙可知矣，然唐人原無虛題……西河雖奔走衣食，本無閒情，故非作意為唐，而虛題自少。律以律意，意完律止，故唐律皆單篇也。近不能律意，意浮於律，遂一題數累，意境雜出。或至起不押題，收無

〔註212〕（清）毛奇齡，毛西河先生全集·排律·卷一〔M〕，清嘉慶陸凝瑞堂刊本。

〔註213〕（清）毛奇齡，毛西河先生全集·七言古詩·卷一〔M〕，清嘉慶陸凝瑞堂刊本。

〔註214〕（清）毛奇齡，毛西河先生全集·五言律詩·卷一〔M〕，清嘉慶陸凝瑞堂刊本。

〔註215〕（清）毛奇齡，毛西河先生全集·五言律詩·卷一〔M〕，清嘉慶陸凝瑞堂刊本。

留情，倘摘去首篇，漫不知為何題矣。西河一準於律，則單篇自多，累章自少，何則？只就押題論，若首篇一二然，次篇一二又然，不床上床乎？以上見《鴻路堂輯本》卷首。」〔註216〕毛奇齡七言律詩以盛唐詩為依歸，單篇為多，累章為少，正所謂「宕而不佻，豔而不浮」〔註217〕。

《五言格詩》五卷，較者云：「格詩即古詩也。西河五古詩初仿選體，既仿齊梁體，又既而始為唐詩。自出遊以前，約計千首，殫精悉力，統在五字中。暨山陰朱朗詣與苕中錢氏選擬古雜體詩，以西河擬古詩獨多，索其稿，攜其苕中。會錢氏有籍捕之事，倉黃奔竄，遂失此稿。嗣後漫不經意。凡遇題急卒，或厭為詩，不得已輒以此體應去，然略不點竄一字。故先刻《夏歌》、《瀨中》諸集，俱無五古，以是也。今但錄湖西施君所抄，與吳門聶晉人所選西河詩抄本，共若干首。」〔註218〕由此可見，西河五言格詩的數量是龐大的，用力較多。所謂錢氏籍捕之事，應指的是「甬東魏生與烏程錢氏選近人詩，攜其稿去。會吳生以考場事發徒塞外，而魏生與錢氏皆以他案捕逮，籍其家而詩並亡焉。」〔註219〕錢氏應指錢纘曾，魏生指的是魏耕，他們在康熙間「通海案」中被處決。毛奇齡的五言格詩因此而亡佚大半，李塨認為三百餘首，而上文較者認為約計千首。而《西河合集》所選五言格詩來源於施閏章與聶晉人的抄本。較者又云：「唐人以五七字古體為格詩，近體為律詩。此云格者，以其類唐古詩也。西河嘗曰：『吾五古詩，非古也，及格焉耳。』說見西河詩抄本。」〔註220〕

〔註216〕（清）毛奇齡，毛西河先生全集·七言律詩·卷一〔M〕，清嘉慶陸凝瑞堂刊本。

〔註217〕（清）毛奇齡，毛西河先生全集·七言律詩·卷一〔M〕，清嘉慶陸凝瑞堂刊本。

〔註218〕（清）毛奇齡，毛西河先生全集·五言格詩·卷一〔M〕，清嘉慶陸凝瑞堂刊本。

〔註219〕（清）毛奇齡，毛西河先生全集·序二韻卷首〔M〕，清嘉慶陸凝瑞堂刊本。

〔註220〕（清）毛奇齡，毛西河先生全集·五言格詩·卷一〔M〕，清嘉慶陸凝瑞堂刊本。

《瀨中集》

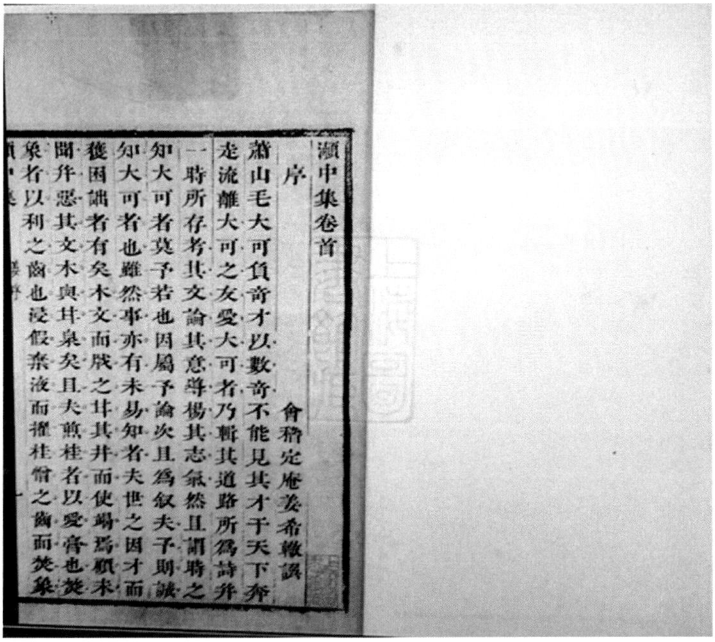

瀨中集卷首

序　會稽完庵姜希轍譔

蕭山毛大可負奇才以數奇不能見其才于天下奔走流離大可之友愛大可者乃斷其道路所爲詩并一時所存考其文論其意尊揚其志氣然且謂將之知大可者莫予若也因屬予論次且爲叙夫子則誠知大可者也雖然事亦有未易知者夫世之因才而獲困訕者有矣木文而戕之井其井而使竭焉頎未聞并惡其文木與井泉矣且夫煎桂者以愛膏也焚象者以利之齒也浸假柔液而摧柱骨之齒而焚象

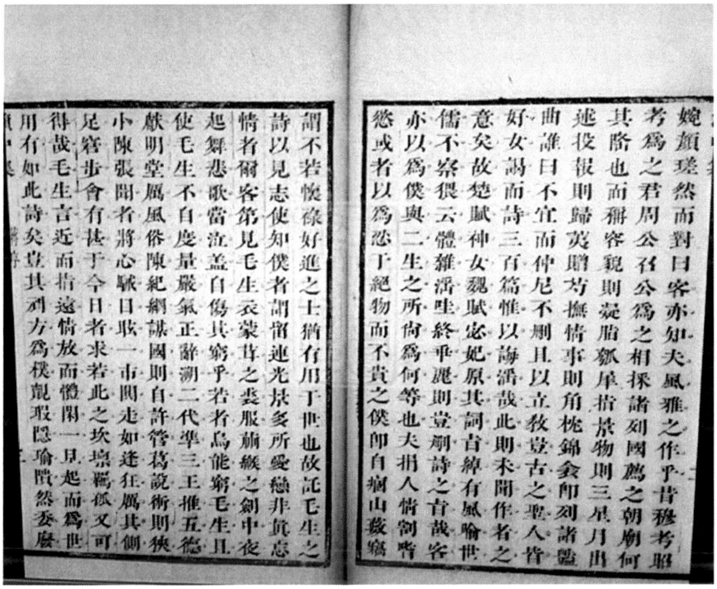

嬈顏瑳然而對曰客亦知夫風雅之作乎昔穆考昭考爲之君周公召公爲之相採諸列國薦之朝廟何其階也而稱客親則褻脂貌卑指其物則三星月出延投報則歸荑贈芍撫情事則角枕錦衾即列諸靈曲誰曰不宜而仲尼不刪且以立教豈古之聖人皆好女謁而詩三百篇惟以誨淫哉此則未聞作者之意矣故楚賦神女魏賦宓妃原其詞旨緯有風喻世儒不察猥云體雜淫生終乎麗則豈刪詩之旨哉客亦以爲僕與二生之所尚爲何等也夫抑人情割嗜慾或者以爲恐于絕物而不貴之僕即自痼山藪寤

謂不若懷祿好進之士猶有用于世也故託毛生之詩以見志使知僕者謂僕連光抹多所愛戀非眞忘情者爾客第見毛生衣蒙茸之裘服繡緣之劍中夜起舞悲歌當泣蓋自傷其窮乎若者烏能窮毛生且使毛生不自度量嚴氣正辭測二代準三王推五德獻則堂厲風俗陳紀綱謀國則自許管葛說術則狹小陳張聞者將心駭目眩一市閧走如逐狂厲其側足寄步會有甚于今日者求若此之坎壈羈孤又可得哉毛生言近而指遠情放而體閑一旦起而爲世用有如此詩矣豈其矜方爲枕覩瑕隱瑜讚然委靡

（《瀨中集》，上海圖書館藏清康熙間文芸閣刻本）

　　《瀨中集》十四卷，上海圖書館藏清康熙刻本，12 冊，黑格白口，無魚尾，尺寸為 29.6×17.9cm，四周單邊。《瀨中集》前有姜希轍序言：「蕭山毛大可負奇才，以數奇不能見其才於天下，奔走流離。大可之友愛大可者，乃輯其道路所為詩，並一時所存，考其文，論其意，導揚其志氣。」〔註221〕《瀨中集》前有蔣大鴻序。蔡仲光序云：「大可未歸而舊集藏於家者，十亡六七。於是其從子阿蓮輩急搜平時所遺者，並遠遊諸作，請予刪輯。」〔註222〕由此可見《瀨中集》是毛氏出遊之作的集合，由其從子阿蓮發起而請蔡仲光進行刪輯而成。《瀨中集》前還有徐緘序，徐氏強調毛奇齡才華勝過古人，其遭遇的窮困程度也超過古人。《瀨中集》前有駱復旦跋：「越明年，則毛子幡然來，蓋未能遽歸也。時急索其集，不可得……漸聞其舊集盡被毀，友人蔡大敬急搜其新詩，刻行世。予乃寄西遊所作，合輯成集。」〔註223〕我們可以得知，毛奇齡好友蔡仲光主持刊刻《瀨中集》，駱復旦收集毛氏西遊之作，寄給蔡仲光，最後「合輯成集」。《瀨中集起例》對《瀨中集》命名緣由和詩體特徵進行了介紹：「姜堯曰：『《瀨中集》者，西河出遊時詩也，汗漫天涯，依遲道路，曾經胥浦，數涉新安，相逢擊絮之人，偶宿猶龍之宅，東來送別，寥落江山。南下從征，逡巡橫浦，其名瀨中，標所從矣。樂府五言古詩，別附他集，判古體也。茲輯絕律排體，合七言諸詩，凡一千七百五四首，共一十四卷，猶惜非全詩矣。』商徵說曰：『五七絕原本樂府，五律五排則六朝五古之遺也。唯七言真唐音耳。或曰：『六朝亦有七古，但其體甚變，終不若五字為近古矣。故卷次如此。』」〔註224〕另據《中國古籍總目》著錄，國家圖書館藏《瀨中集》十四卷，其版本是清康熙間文芸閣刻本，與上海圖書館所藏版本應屬同一版本系統。中國科學院圖書館藏《瀨中集》十四卷首一卷，《中國古籍總目》著錄為「清康熙間刻本」，待考。

〔註221〕　（清）毛奇齡，瀨中集·蔣序〔M〕，上海圖書館藏清康熙刻本。
〔註222〕　（清）毛奇齡，瀨中集·蔡序〔M〕，上海圖書館藏清康熙刻本。
〔註223〕　（清）毛奇齡，瀨中集·駱跋〔M〕，上海圖書館藏清康熙刻本。
〔註224〕　（清）毛奇齡，瀨中集·商跋〔M〕，上海圖書館藏清康熙刻本。

《毛甡論釋〈西廂記〉》

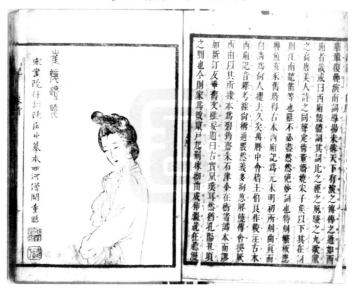

（中國國家圖書館藏《毛甡論釋〈西廂記〉》，清康熙學者堂刻本，
鄭振鐸藏

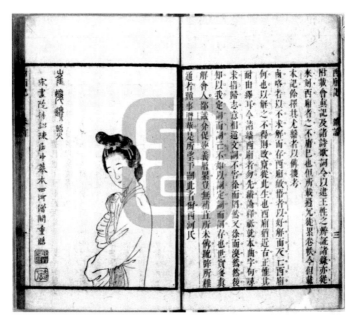

（毛甡論釋《西廂記》，中國國家圖書館藏清康熙學者刻本，周越然藏本）

　　《毛甡論釋〈西廂記〉》鄭振鐸藏本，此書應為鄭振鐸舊藏，因書有「長樂鄭振鐸西諦藏書」印。現為中國國家圖書館藏，善本書號：16275。該書為五卷，末一卷。10行22字，白口，四周單邊。前有毛奇齡《論定西廂記自序》。前有崔鶯鶯遺照，邊有「宋畫院侍詔陳居中摹本西河僧開重臨」等字樣，由此得知，崔鶯鶯的遺照是毛奇齡臨摹而成。此書末一卷附有毛奇齡識語，此外還附有《元積古豔體》二首（即春詞）、《鶯鶯詩》一首、《春曉詩》一首，《楊居源崔娘詩》一首、《李紳鶯鶯歌》一首、《沈亞之酬元微之春詞》一首、《王渙惆悵詞》一首、《杜牧題會真詩三十韻》一首（與原韻異四字）、《毛甡張彬金敬敷聯續元積詩三十韻》一首（並序）、《秦觀調笑令》一首（並引詩）、《毛滂續調笑令一首》（並引詩）、《趙令畤蝶戀花》十二首（有題序）、（《傳余所善張君至終席而罷奉勞歌伴再和前聲》、《傳張自是惓惓願致其情至立綴春詞二首以授之奉勞歌伴再和前聲》、《傳是夕紅娘復至至疑玉人來奉勞歌伴再和前聲》、《傳張亦微喻其旨至於是絕望矣奉勞歌伴再和前

聲》、《傅後數夕張君臨軒獨寢至瑩於裯席而已奉勞歌》（案：此題目不
全，下文殘缺）、《伴再和前聲》、《傅自後又十餘日至張生遂西奉勞歌伴
再和前聲》、《傅不數月張生復遊於蒲至趲歸鄭所遂不復至奉勞歌伴再
和前韻》（案：此詞沒有內容，疑似殘缺）。）

　　《毛姓論釋〈西廂記〉》周越然藏本，此書應為周氏舊藏，有「曾
留吳興周氏言言齋」印。周氏曾云：「《西廂記》五卷，清毛姓論定並參
釋。清學者堂刊本，半葉十行，行大二十三字，小雙行，不頂格，二十
一字。前有康熙丙辰延陵興祚伯成氏序，姓自序，雜論，崔娘遺照及姓
跋。卷首，又目錄。後有卷末，此書有近年武進董氏石印本。」〔註225〕
此書現為中國國家圖書館藏，善本書號：12416。該書為五卷，末一卷，
10 行 22 字，白口，四周單邊。與鄭振鐸藏本相比，該書有牌記，書名
為《西河毛太史評點西廂記》，下標有「學者堂藏板」，並有「學者堂珍
藏」之印。此書正如周越然所說，有康熙丙辰延陵興祚伯成氏序，有毛
奇齡《論定〈西廂記〉自序》（案：此《自序》完整無殘缺），有毛奇齡
《〈西廂記〉雜論十則》，有崔娘遺照（案：此遺照崔娘的眼部特徵與鄭
本有細微的差別，而鄭本遺照崔娘中耳上有耳環，此本則沒有），此本
還有《西廂記卷首》載元稹《會真記》，還有《西廂記目錄》。另外此本
卷末所附詩詞較為完備，相較而言，由於鄭本殘缺，此本卷末較為完
備，除了上文鄭本所提到的詩文外，還有《楊慎題會真黃鶯兒詞》一首。

　　毛奇齡在《論定西廂記自序》中云：「予薄遊臨江，悶閟蕭寺，客有
語及者，似生憂患，因就臨江藏書家遍搜，得周憲王大觀堂本，凡二本，
他無有矣。既而返臨安，又得碧筠齋、日新堂、即空觀、徐天池、顧玄緯
諸本，凡八本，然而猶是魯、衛也。且擬為論列，以未遑，卒捨之去。既
後則驟得善本於蘭溪方記室家，與向所藏本頗相似，特不署所序名……
越二年，復以避人故，假居山陰白魚潭，乃始與張氏兄弟約為論列，出
篋所實本，並友人所藏王伯良本，並他本，竟以蘭溪本為準矣，不更一

〔註225〕周越然著；周炳輝輯，周退密校，言言齋古籍叢談〔M〕，瀋陽：遼寧
　　　　教育出版社，2001：25～26。

字，寧為曲解，定無參易。」〔註226〕看來毛奇齡論定《西廂記》是參考了諸多版本，並與張彬兄弟有所討論，最後以蘭溪本為底本而成書的。

《越郡詩選》

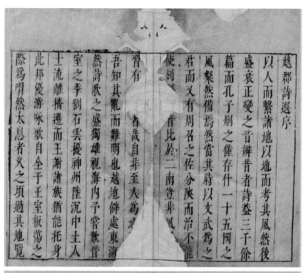

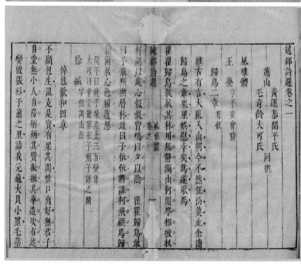

（《越郡詩選》四卷，寧波天一閣藏本）

〔註226〕毛奇齡，毛甡論釋西廂記〔M〕，中國國家圖書館藏清康熙學者堂刻本。

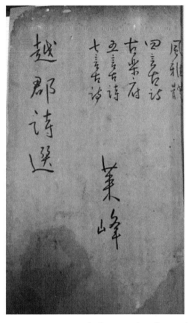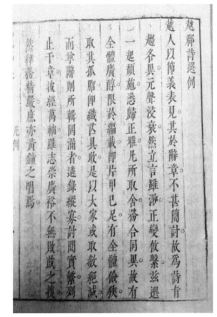

（《越郡詩選》八卷，上海圖書館藏清刻本）

　　《越郡詩選》是一部毛奇齡和黃運泰早期輯錄的紹興詩人作品詩歌選本，有論者以為其已亡佚〔註227〕。檢《中國古籍總目》，天一閣博物館藏有善本《越郡詩選》四卷（簡稱「天一閣本」），此書在天一閣博物館尚能查找到（目前只能查閱到電子掃描本，原書紙本因條件所限，未能看到）。據《天一閣博物館藏古籍善本書目》著錄為「清初刻本，九行十九字雙行同白口四周單邊，線裝，四冊」〔註228〕。此外，筆者在上海圖書館查閱到善本《越郡詩選》八卷本〔註229〕。兩相對校，天一閣藏本大體是上圖本前面四卷的部分，當然在個別地方也存在差異，如天一閣藏本前有葉襄、陸圻、祁鴻孫之序，而上圖本

〔註227〕 張小仲，毛奇齡與清初女性詩人〔J〕，文學教育（中），2013（01）：
　　　　 12。

〔註228〕 天一閣博物館編，天一閣博物館藏古籍善本書目（全二冊）〔M〕，北
　　　　 京：國家圖書館出版社，2016：458。

〔註229〕 （雍正）《浙江通志》「越郡詩選」條，卷數恰為八卷。

前有徐繼恩、祁鴻孫、葉襄、陸圻之序。相較而言，上圖本多了一篇
徐繼恩的序，且序言的排列順序不一致。又如，上圖本之卷一末沒有
「右一卷風雅體四言古詩共十一首，田霖三上氏，傅以成四如氏，蕭
山黃繩祖孝威氏同較，周家模風遠氏，李日焜次輝，越郡詩選卷之一
終」等字樣，還有一個重要的區別是天一閣藏本在前面有「同定姓氏」
之附錄，從「陸圻麗京氏」到「方中德田伯氏」，有七十人參與了校
定，姓名字號一一羅列。而上圖本也羅列一些姓名字號，從「黃宗炎
晦木氏」到「祁班孫奕喜氏」，共十六人參與了校定。從這些區別來
看，兩者應該屬於不同的版本系統，當然我們還要謹慎地注意一下以
下情況：兩者都經過後人重新進行了裝訂或掃描，上圖本有明顯後人
重新裝訂的痕跡，其封皮明顯是後人加上的，上面有書名「越郡詩選」，
還有關於提示詩歌體裁的字：風雅體、四言古詩、古樂府、五言古詩、
七言古詩等。天一閣藏本則經過電子掃描，書頁的順序也難以保證是
按原書進行排列的。要之，上圖本應是天一閣藏本的不同刻本系統，
不能就此認為天一閣藏本是殘本，不是善本，因為沒有直接相關的證
據。關於的《越郡詩選》的印刷情況，毛奇齡《故明兵部車駕司郎中
黃君墓表》載王自超家人諷黃運泰，勸改其評語，運泰不從，「愈易購
多紙，染其板不絕」〔註 230〕。可見其刊刻印刷應該不止一次。附帶
提及的是，《越郡詩選》是按詩歌體裁進行分類歸卷的：卷一共選錄
詩十一首，其中風雅體詩十首，四言詩一首；卷二選錄古樂府詩八十
首；卷三選錄五言古詩一百一十六首，六言古詩四首；卷四選錄七言
古詩六十五首；卷五選錄五言律詩一百八十九首，排律一十六首；卷
六選錄七言律詩二百四首；卷七五言絕句三十一首，六言絕句二首，
共三十三首；卷八七言絕句八十二首。

〔註230〕（清）毛奇齡，故明兵部車駕司郎中黃君墓表墓表〔M〕//毛西河先
　　　　生全集·墓表·卷三，清嘉慶陸凝瑞堂刊本。

《唐人試帖》

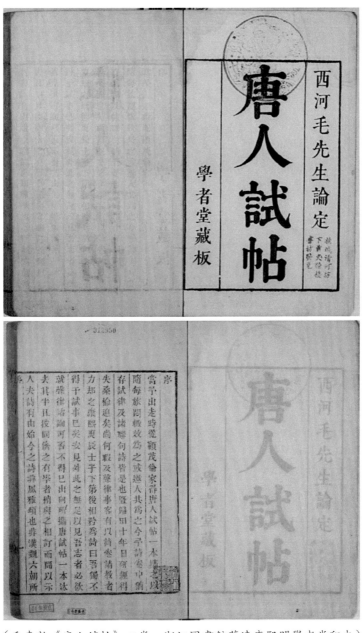

（毛奇齡《唐人試帖》四卷，浙江圖書館藏清康熙間學者堂印本）

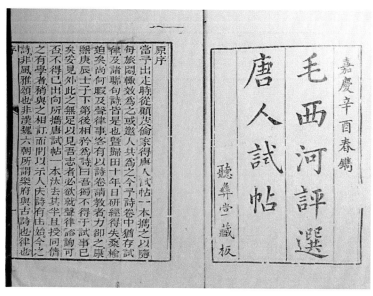

（《毛西河評選唐人試帖》，上海圖書館藏清嘉慶六年聽彝堂刻本）

　　《唐人試帖》，四卷，其版本有清康熙間刻學者堂印本，國家圖書館藏；清康熙間學者堂印本，浙江圖書館藏；清書帶草堂刊本，蘇州大學藏；清嘉慶六年聽彝堂刻本，上海圖書館藏。此外還有清刻本，上海圖書館藏。《毛西河評選唐人試帖》（上圖藏清嘉慶六年聽彝堂刻本）前有毛奇齡康熙四十年寫的序言，對於《唐人試帖》來龍去脈做了交代：「當予出走時，從顧茂倫家得《唐人試帖》一本，攜之以隨。每旅悶，輒效為之，或邀人共為之。今予詩卷中猶存試律及諸聯句詩，皆是也。暨歸田十年，日研經得失，桑榆迫矣，尚何暇及聲律事。客有以詩卷請教者，力卻之。康熙庚辰，士子下第後，相矜為詩，曰：『吾獨不得於試律已矣，安見外此之無足以見吾志者？』必欲就聲律諮詢可否，不得已，出向所攜唐詩帖一本，汰去其半。且授同儕之有學者，稍與之相訂，而間以示人。」〔註231〕而值得注意的是，毛奇齡《唐詩試帖》作為試帖詩最為早出，正如周作人所說：「最早者有《唐人試帖》四卷，

〔註231〕（清）毛奇齡，毛西河評選唐人試帖序〔M〕，上海圖書館藏清嘉慶六年聽彝堂刻本。

康熙四十年（一七〇一）刊，毛奇齡編，係與王錫田易三人共評注者，其時科舉尚未用試帖詩也。」〔註232〕在《唐人試帖》中毛奇齡提出：「且世亦知試文八比之何所昉乎？漢武以經義對策，而江都平津太子家令，並起而應之，此試文所自始也。然而皆散文也。天下無散文而復其句，重其語，兩疊其話言，作對待者。惟唐制試士，改魏晉散詩，而限於比語，有破題，有承題，有頷比、頸比、腹比、後比，而然後結以收之。六韻之首尾即起結也，其中四韻，即八比也。然則試文亦日為八比，視此矣。今日為試文，亦日為八比，而試問八比之所自始，則茫然不曉。是試文且不知，何論為詩。」〔註233〕毛奇齡認為八比文源於試帖詩，這是他的創新性的見解。梁梅《清代試律詩學研究》認為：「從清初對試律的不甚了了到乾隆時期對詩學的深入探討，毛奇齡可謂厥功至偉。雖然他的理論顯得零散而缺乏系統性，甚至有些觀點仍值得商榷，但也足稱為最有影響力和開拓性的詩論家。他首開試律詩學理論批評之先河，為清代試律詩學理論的構建奠定了基礎」。〔註234〕

《唐七律選》

《唐七律選》，四卷，王錫等輯，毛奇齡訂。其版本有清康熙間刻本，國家圖書館、上海圖書館，暨南大學圖書館等藏。前有毛奇齡於康熙四十一年所作的序，其詩學主張代表毛奇齡晚年對於唐宋詩的觀點，本文在《毛奇齡與清初唐宋詩之爭》一章進行專門論述。《唐七律選》卷一選杜審言一首、趙彥昭一首、張諤一首、沈佺期三首、宋之問一首、孫逖一首、蘇頲四首、張說四首、李邕一首、徐安貞一首、張謂二首、王維八首、岑參四首、高適二首、孟浩然三首、李頎一首、獨孤及二首。卷二選崔顥二首、崔署一首、萬楚一首、王昌齡一首、李白三首、

〔註232〕周作人著，知堂書話〔M〕，北京：中國人民大學出版社，2009：683～684。

〔註233〕（清）毛奇齡，毛西河評選唐人試帖序〔M〕，上海圖書館藏清嘉慶六年聽彝堂刻本。

〔註234〕梁梅，清代試律詩學研究〔M〕，北京：中國社會科學出版社，2019：48。

杜甫三十四首、郭受一首。卷三選劉長卿七首、李嘉祐一首、柳宗元四首、錢起一首、耿湋一首、朱灣一首、韓翃八首、李益一首、盧綸二首、劉禹錫五首、楊居源一首、張籍三首、王建三首、元稹一首、白居易二十二首、戎昱一首、朱慶餘一首、姚合一首、周賀一首。卷四選李商隱一首、許渾四首、杜牧四首、李遠一首、趙嘏二首、溫庭筠四首、李山甫一首、劉滄一首、李頻二首、皮日休三首、陸龜蒙六首、鄭谷一首、李建勳一首、章碣二首、崔玨一首、方干一首、章孝標一首、薛能一首、李昌符一首、韋莊五首、劉兼二首、韓偓一首、羅隱二首、唐彥謙一首、崔塗一首、胡宿一首、崔魯一首、曹唐二首、僧皎然一首、金地藏一首、徐氏一首、孫氏一首。

《西河文選》

（《西河文選》，上海圖書館藏清乾隆 49 年（1783）萬卷樓刻本）

《西河文選》的版本有兩種：一是清康熙三十五年（1696）刻本，二是清乾隆 49 年（1783）萬卷樓刻本。上海圖書館藏有這兩種版本，但上圖康熙本殘破，無法看到，只能看到乾隆三十五年刻本。故以乾隆

三十五年刻本為例，加以說明。此選本是由錢塘汪霦（東川）、平湖陸
棻（義山）、東明袁祐（杜少）、任丘龐塏（雪厓）選評，共十一卷。正
文前有李天馥的序，與《西河合集》前李天馥的序言相同。另外還有
《西河合集已刻篇目》，除與《西河合集》所刻篇目相重疊的篇目之外，
還列有未刻篇目：《制科記》一卷、《制科題名記》一卷、《御試璇璣玉
衡賦經史賦》一卷、《應制瀛臺賦馬射賦溫湯泉賦》一卷、《雜賦》一
卷、《擬騷擬連珠擬廣博辭》一卷、《新樂府》一卷、序三十卷（有六卷
未刻）、《策問》一卷、《表》一卷、《雜說》十卷〔註235〕。在這之後還
有一小段文字說明：「舊刻《瀨中集》、《當樓集》、《桂枝集》、《兼本雜
錄》、《西河文選》諸本，仍合併刪選在內。至《夏歌集》、《鴻路堂詩
鈔》、《丹欐雜編》、《還町雜錄》、《越郡詩選》諸刻本俱不列入。若《評
西廂記》五卷，係西河先生群從備名為之，非本集也。」〔註236〕《西
河文選》共十一卷，其中第一卷選錄了賦、頌、誥詞、辭。第二卷選錄
了奏疏、議、揭子、劄子、館課擬文、館擬文判。第三卷選錄了記、碑
記、記事。第四卷選錄傳、列傳、事狀。卷五選錄了墓碑、墓表、墓誌
銘、塔誌銘等。卷六選錄了序。卷七選錄了跋、引、書後、題、書、牘、
箋、錄等。卷八選錄了《勝朝肜史拾遺記》、《後鑒錄》、《蠻司合志》裏
面的部分篇章。卷九選錄了《論語稽求篇》、《大學證文》、《仲氏易》、
《國風省篇》、《毛詩寫官記》、《詩札》、《詩傳詩說駁義》裏面的部分篇
章。卷十選錄《四書剩言》、《易小帖》、《河圖洛書原舛編》、《太極圖說
遺議》、《廟制折衷》、《春秋毛氏傳》、《皇言定聲錄》、《御覽通韻括略》
裏面的部分篇章。第十一卷選錄二韻、三韻、四韻、六韻、長律、格詩、
詩餘、五字二韻等體裁的詩歌。

〔註235〕　（清）汪霦；（清）陸棻；（清）袁祐；（清）龐塏評選，重訂西河文
　　　　　選〔M〕，上海圖書館藏清乾隆49年（1783）萬卷樓刻本。
〔註236〕　（清）汪霦；（清）陸棻；（清）袁祐；（清）龐塏評選，重訂西河文
　　　　　選〔M〕，上海圖書館藏清乾隆49年（1783）萬卷樓刻本。

第二章　毛奇齡的詩歌創作

　　毛奇齡詩歌創作，據他自己說：「酬應者十九，宴遊者十一，登臨感寄無聞焉。」〔註1〕其詩歌的主題內容也是多樣的，有反映時代主題的詩作，有登臨感寄之作，有山水詩、友情詩、題畫詩、應酬詩、邊塞詩等。毛奇齡詩歌的風格特徵，一方面堅持「唐音」創作，形成一種「纏綿悱惻、幻渺情深」的風格。另一方面，由初、盛唐詩上溯之六朝詩，其詩有一種「沉博絕麗」的風格。此外毛奇齡詩歌的創作手法是多樣的，比如其詩歌「賦」的手法的運用，「曲折變化」手法的運用。

第一節　毛奇齡詩歌創作的主題內容

　　在毛奇齡的詩歌作品中很少看到關心國家大事和民生疾苦的詩，他處於易代之變的時代，卻不能像吳偉業那樣「一方面自我關照，徘徊於靈與肉之際，銘心刻骨地懺悔自我的靈魂；另一方面規撫江山易代，綿綿不盡地吟唱著歎挽明王朝衰敗的時代悲歌。」〔註2〕毛奇齡詩歌反映時代悲歌採用了模糊影像的處理方法，一切都是在隱約之中，霧裏看花，鏡中觀月。毛奇齡的詩作雖然也有《詠詩》之類的詩，似乎透露

〔註1〕（清）毛奇齡，毛西河先生全集・七言律詩・卷一〔M〕，清嘉慶蕭山陸凝瑞堂刊本。
〔註2〕魏中林、賀國強，詩史思維與梅村體史詩〔J〕，文學遺產，2003（03）。

自己對於易代之變的操守的看法，但又不能坐實。《詠史》其二云：「四海既混一，六國咸歸秦。不虞漢代儒，猶自著《美新》。草澤甫竊發，郡國先埃塵。三川既淪亡，軹道冤不伸。人生有義分，各自為主臣。季布哭項羽，王蠋悲齊愍。烏鵲自有侶，毛髮亦有倫。不觀山谷間，尚有秦遺民。」〔註3〕季布哭項羽，王蠋悲齊愍之敗亡，言其各為其主，中心耿耿，值得哀歎。言外之意，易代之時，遺民的堅持節操實屬再正常不過的事情了。這應該是毛奇齡早年所作，似對明清易代之變有所感受而發。

　　毛奇齡早年參加過抗清鬥爭，但在他的詩文裏，卻很難找到蛛絲馬蹟，關於時代與政治的情感不輕易流露。毛奇齡早年作品如《塞下曲》能發現一些毛奇齡對時代與政治看法的模糊的影子，其一云：「車騎出龍沙，屠耆轉戰賒。長雲迷白漫，飛雪斷黃花。生死隨邊障，衣冠識漢家。延州有軍吏，勿使右賢遮。」〔註4〕漢代匈奴貴族有左、右賢王之稱，右賢王簡稱為「右賢」，意謂漢家軍吏當黽勉從事，不應當為匈奴貴族所敗。這是表面的含義，毛奇齡的好友黃運泰針對此詩評價：「諸詩高壯，如朔氣臨塞。」〔註5〕又曰：「詩寓規諷，非泛作擬似語。」〔註6〕這裡的「規諷」到底指的是什麼？聯繫到《越郡詩選》成書的年代，結合黃運泰的說法，此詩應作於明亡之前，此詩應是告誡明王朝之軍吏及統治階級應努力控制局面，不要為滿族人所敗。同樣，毛奇齡《塞下曲》其三：「北斗下黃河，征行苦荷戈。窮兵遷漠北，救餉出滹沱。遠

〔註3〕　（清）毛奇齡，毛西河先生全集·五言格詩·卷五〔M〕，清嘉慶蕭山陸凝瑞堂刊本。

〔註4〕　（清）黃運泰；（清）毛奇齡，越郡詩選·卷五〔M〕，上海圖書館藏清刻本，（案：此詩康熙五十九年刊本《西河合集》的文本為《征行曲》其一：「車騎出龍沙，屠耆轉戰賒。長雲迷白漫，大雪下黃花。夜火連邊障，天兵識漢家。延州有軍吏，勿使右賢遮。」）

〔註5〕　（清）黃運泰；（清）毛奇齡，越郡詩選·卷五〔M〕，上海圖書館藏清刻本。

〔註6〕　（清）黃運泰；（清）毛奇齡，越郡詩選·卷五〔M〕，上海圖書館藏清刻本。

歲勞犀紕，深秋壯駱�。貳師降未久，強弩近如何。」〔註7〕這裡重點關注的是尾聯的具體含義。貳師將軍為西漢李廣利，曾因戰功被封為「海西侯」，後因兵敗投降匈奴，被匈奴誅殺。黃運泰提醒讀者注意的就是最後一聯，黃氏說：「詳結意，似指邊師新喪日。」〔註8〕應該指的是明邊防軍對陣清軍潰敗之事，而康熙五十九年《西河合集》此一句改為「寒風吹角罷，猶聽短簫歌。」〔註9〕完全沒有了黃運泰所說的那一層意思，由於《越郡詩選》成書在前，未改前的詩歌和黃運泰的解讀應該更接近毛奇齡詩歌的原意。要之，毛奇齡處於明亡朝大廈將傾之際，其詩歌作品體現了傳統士大夫所應該呈現的社會責任意識。因而這就不難理解，毛奇齡早年所從事的抗清鬥爭並不是子虛烏有的事實了。

　　明亡之後，毛奇齡也成為了一介遺民。他的好友姜廷梧曾有詩《贈大可》：「毛生逸才負奇氣，十年與而神相契。自從謝病居深山，甘隱布衣輕富貴。漉酒時簪晉代巾，春衣自剪湘江荔。優游貧賤天更違，感慨亂亡古有志。才大何愁世不知，名高空使人爭媚。由來出處似前人，況有文章振衰季……」〔註10〕這首詩寫作背景應是奇齡明亡後隱居在城南山，讀書勵志，高蹈自許。而毛奇齡與眾多明遺民的多有詩歌交往，其交往詩歌只有一少部分涉及到了時事。毛奇齡與柳敬亭（柳敬亭擅長說書，曾入左良玉之幕府，後流落江湖。）有過交往，毛奇齡有詩《贈柳生有序》（其一）：「扶病來看柳敬亭，秋花開滿石榴屏。江南多少前朝事，說與人間不忍聽。」〔註11〕「江南多少

〔註7〕 （清）黃運泰；（清）毛奇齡，越郡詩選‧卷五〔M〕，上海圖書館藏清刻本。

〔註8〕 （清）黃運泰；（清）毛奇齡，越郡詩選‧卷五〔M〕，上海圖書館藏清刻本。

〔註9〕 （清）毛奇齡，西河合集‧五言律詩‧卷四〔M〕，哈佛大學燕京圖書館藏清康熙五十九年（1720）刻本。

〔註10〕 （清）黃運泰；（清）毛奇齡，越郡詩選‧卷四〔M〕，上海圖書館藏清刻本。

〔註11〕 （清）毛奇齡，西河合集‧七言絕句‧卷三〔M〕，哈佛大學燕京圖書館藏清康熙五十九年（1720）刻本。

前朝事,說與人間不忍聽」,四庫本《西河集》作「一聲河滿尋常曲,說到傷情不忍聽」〔註12〕,相信這是四庫館臣的篡改之處。前朝之事應應指明朝之事,毛奇齡不忍聽應是內心的情緒無法抑制,時代的悲歌只能增加內心極度的哀痛。

　　毛奇齡還有一首《秦淮老人》:「秦淮高閣擬臨春,中有仙翁髯似銀。話到陪京行樂處,尚疑身是太平人。」〔註13〕「話到陪京行樂處」,四庫本《西河集》作「話到黃奴行樂處」〔註14〕,黃奴應指的是陳後主的小字。而「陪京」應指的是明王朝的南京。「尚疑身是太平人」,四庫本《西河集》作「尚疑身是六朝人」〔註15〕。我們認為這種文字上的區別,也應該是四庫館臣的篡改,因為「陪京」、「太平人」都是明顯地體現家國情懷之語調,這是四庫館臣不想看到的。沈德潛對此云:「明處亂離之後,偏云尚疑身際太平,詞彌曲意彌悲矣。」〔註16〕朱則傑認為:「如《秦淮老人》、《贈柳生》諸作,宛轉抒寫家國之感,情調淒涼而多有唐人韻致。」〔註17〕另外毛奇齡早年與祁氏兄弟祁理孫(祁彪佳之子,祁班孫之兄,因反清而定罪)、祁班孫(祁彪佳之子,因反清而遣戍遼東)有過交往。毛奇齡有一首《祁公子將遊金陵過別因贈》:「祁子臨行紫綺裘,春風三月舊京遊。維舟一過江郎宅,走馬還登孫楚樓。玉樹前朝遊冶曲,金陵自古帝王州。傷心莫向臺城望,愁見煙花滿石頭。」〔註18〕祁公子應指祁氏兄弟的一位,「傷心」、「愁見」疑

〔註12〕 （清）毛奇齡,西河集·七言絕句·卷三〔M〕,清文淵閣四庫全書本。
〔註13〕 （清）毛奇齡,毛西河先生全集·七言絕句·卷三〔M〕,哈佛大學燕京圖書館藏清康熙五十九年（1720）刻本。
〔註14〕 （清）毛奇齡,西河集·七言絕句·卷三〔M〕,清文淵閣四庫全書本。
〔註15〕 （清）毛奇齡,西河集·七言絕句·卷三〔M〕,清文淵閣四庫全書本。
〔註16〕 （清）沈德潛編,清詩別裁集〔M〕,北京:中華書局,1975:191。
〔註17〕 朱則傑著,清詩知識〔M〕,杭州:浙江大學出版社,1998:8。
〔註18〕 （清）毛奇齡,毛西河先生全集·七言律詩·卷四〔M〕,清嘉慶蕭山陸凝瑞堂刊本,(案:四庫本《西河集》此處與康熙五十九年本和嘉慶本不同,「玉樹前朝遊冶曲,金陵自古帝王州」,四庫本作「玉樹前朝瓊月滿,烏衣何處夕陽收」。)

似對明消亡的哀歎。因而，毛奇齡處於易代之變，其詩歌對於時事是有所反映的。由於毛奇齡後來參加了博學鴻儒科，對於文字之忌諱應該有的。而《西河合集》在毛奇齡生前（康熙三十八年）刊印，毛氏應對於一些「違礙」之作應該有所刪減，再加上早年的詩歌由於避仇流亡，散佚大半。

　　奇齡前半生大半部分時間都是流離奔走，因而其詩歌也往往描寫流離道路上所思所感。如《息縣雜詩》其六云：「菡花臺在舊城西，臺畔粧樓一徑迷。為憶故園長不語，莫教花外乳鴉啼。」〔註19〕乳鴉亂啼正驚動詩人的思鄉之思，詩人正要細細地回想故鄉的點點滴滴，不想有外界的任何干擾。正如唐詩人金昌緒之詩：「打起黃鶯兒，莫叫枝上啼。啼時驚妾夢，不得到遼西。」毛奇齡還有一首《過息夫人妝樓遺址有感》：「回首故園長不語，鎮教淮水向東流。」〔註20〕與上一首詩的意旨相似，詩人靜靜地回味故鄉一切。在這回味中，故鄉季節或節氣成為回憶的生發點，如《晦日》：「村店開紅杏，溪橋漲綠蘋。途中逢晦日，思煞故園春。」〔註21〕如《守歲》其一：「何處懷家苦，他鄉守歲時。長將一夜坐，并作兩年思。」〔註22〕其二：「守歲逾終夕，鄉思度萬山。家人應蚤睡，恐我夢中還。」〔註23〕一年將盡，除夕之夜，此時鄉思更為濃烈，詩人無法安睡。而想像著家人卻早早入睡，期盼夢中與遠方的詩人團圓。一種相思，兩處閒愁。在這回味中，家鄉的自然風景、人文景觀、親屬友朋成為重點回憶的對象。《江行無題》其五：「風

〔註19〕　（清）毛奇齡，毛西河先生全集・七言絕句・卷三〔M〕，清嘉慶蕭山陸凝瑞堂刊本。

〔註20〕　（清）毛奇齡，毛西河先生全集・七言古詩・卷八〔M〕，清嘉慶蕭山陸凝瑞堂刊本。

〔註21〕　（清）毛奇齡，毛西河先生全集・五言絕句・卷一〔M〕，清嘉慶蕭山陸凝瑞堂刊本。

〔註22〕　（清）毛奇齡，毛西河先生全集・五言絕句・卷二〔M〕，清嘉慶蕭山陸凝瑞堂刊本。

〔註23〕　（清）毛奇齡，毛西河先生全集・五言絕句・卷二〔M〕，清嘉慶蕭山陸凝瑞堂刊本。

起泊江皋，江聲徹夜號。不期鄉夢遠，猶聽浙江濤。」〔註24〕錢塘江潮水湧動的聲響，成為詩人永遠難以化掉的記憶。《清明》其二：「新裁寶幌障平蕪，折得楊枝插鬢無。此日故園風雨後，畫船開滿賀家湖。」〔註25〕賀家湖即為鏡湖，又名鑒湖，在紹興市西南。作者想像清明節之後，畫船滿湖的景象，無疑也是想念家鄉的一種畫面呈現。而西子舞是一種番樂，毛奇齡云：「古舞法盡亡，每觀勾欄扮西子舞，初以袖舞，即胡旋也；繼以手舞，如法僧欲口，雙手並舉，挾擺而翻捧，儼蓮花然」〔註26〕。毛奇齡在一次宴會上看到了歌伎舞西子舞，正如昔時在家鄉所觀，突然思鄉之情油然而至：「曲水園頭伎扶風帳裏名（中州馬端蕭家伎），扶風帳裏名。一看西子舞，重起故鄉情。」〔註27〕毛奇齡有詩《渡河寄大敬徽之憲臣並呈張五杉張七梧姜十七廷梧丁五克振吳二卿禎顧大有孝》：「河水將流澌，東行渡枝津。寒風吹襟裾，使我思故人。故人在何所，云在舊鄉縣。」〔註28〕這是毛奇齡早年逃亡之時所作，題目所提到的人名皆是毛奇齡舊友，對他們的思念衍及到對家鄉的思念。只有毛奇齡回到家鄉，看到熟悉的一切，內心的才會有莫大的喜悅，「避人後七年，暫得歸城東草堂，睹見花枝爛然，不能哭泣，乃為之咏」〔註29〕。

其詩歌「（毛奇齡）詩中也有一些詠史懷古、談學論道、題畫詠物以及描寫浪跡江湖羈旅生涯的作品，如：『涼月幾時落，渡頭風正生。

〔註24〕（清）毛奇齡，毛西河先生全集·五言絕句·卷一〔M〕，清嘉慶蕭山陸凝瑞堂刊本。

〔註25〕（清）毛奇齡，毛西河先生全集·七言絕句·卷六〔M〕，清嘉慶蕭山陸凝瑞堂刊本。

〔註26〕（清）毛奇齡，西河詩話〔M〕//張寅彭主編；吳忱、楊焄點校，清詩話三編，上海：上海古籍出版社 2014：783。

〔註27〕（清）毛奇齡，毛西河先生全集·五言絕句·卷一·看伎〔M〕，清嘉慶蕭山陸凝瑞堂刊本。

〔註28〕（清）毛奇齡，毛西河先生全集·七言古詩·卷二〔M〕，清嘉慶蕭山陸凝瑞堂刊本。

〔註29〕（清）毛奇齡，毛西河先生全集·七言古詩·卷二〔M〕，清嘉慶蕭山陸凝瑞堂刊本。

四時寒役苦，百慮曉眠驚。歲晏吳關路，江高季子程。青天看不極，一雁向東行。』(《曉發呈伯兄》)其他如《聞笛》、《晚泊口號》、《早渡揚子》以及著名的七古《明河篇》都是這類作品。從中可見作者輾轉流離，漂泊不定的生活和隱隱約約的戰亂陰影。」〔註30〕

　　山水詩自謝靈運開始有意識地創作以來，歷代文人都有創作，他們把審美目光投向了自然界的山水，而經過詩人們審美體驗過濾的山水往往都具有人的情感和靈性，呈現出一種帶有人性光環的持久魅力。毛奇齡也曾寫過不少山水詩，這些詩作猶如一幅幅繪製精美的山水畫，清新自然、形神兼備而絢麗多姿。毛奇齡《西湖竹枝詞》組詩明顯地體現了這一特徵。其二云：「昭慶祠頭春水生，大船長傍小船行。湖東日上湖西落，湖裏何時不是晴。」〔註31〕大船與小船，湖東與湖西，春水一漲一落，太陽由東而西，一切都是那樣清新自然。而這一切又籠罩在一片深「情」之中。其七云：「水上花開水底紅，東風吹水水濛濛。水上看花猶自可，水底看花愁殺儂。」〔註32〕這就是所謂詩歌「加重」的寫法，水上看花本沒有什麼，但是水底看花卻激發了女子濃厚的情感。詩人沒有說女子為何愁，而是留下了一個意味深長的空間。其十二：「莫道西湖好浪遊，南山雲斷北山頭。莫道妾心能間隔，外湖水入裏湖流。」〔註33〕自然事物如大山之類能夠物理隔斷，但是人的內心卻無法隔斷，尤其是因情而愁的女子，正像外湖的水流向裏湖一樣，源源不斷，不可遏制。絕句中有波瀾起伏，詩句才能生花，這首詩的描述搖曳多姿而形神兼備。

　　毛奇齡《西湖竹枝詞》的寫作當然更突出了女性的「情感性」特

〔註30〕傅璇琮等主編，中國詩學大辭典〔M〕，杭州：浙江教育出版社，1999：588。

〔註31〕（清）毛奇齡，毛西河先生全集‧七言絕句‧卷四〔M〕，清嘉慶蕭山陸凝瑞堂刊本。

〔註32〕（清）毛奇齡，毛西河先生全集‧七言絕句‧卷四〔M〕，清嘉慶蕭山陸凝瑞堂刊本。

〔註33〕（清）毛奇齡，毛西河先生全集‧七言絕句‧卷四〔M〕，清嘉慶蕭山陸凝瑞堂刊本。

徵，而山水只是襯托人性美的附屬物。而毛奇齡在描繪湘湖時，並沒有如此的「負擔」。湘湖在浙江蕭山縣西，在毛奇齡的眼中，她是這樣的：「落星湖畔草茫茫，別有澄波萬頃涼。溪口一橋連大路，城西幾里到橫塘。青山入浪烟林動，翠藻緣嵓水帶長。隔浦鮫鯖驚棹起，藕荷深處又成行。」〔註 34〕此詩完全是一幅水墨畫，詩人先在畫布上「打底」：萬頃澄波，湖草茫茫。然後在這幅畫中鋪排上這些意象：溪口、橋、橫塘、青山、煙林、翠藻、岩石、鮫鯖、船棹、藕荷等等。這些意象並不是簡單的羅列，而是有靜之動，有動之靜，完全是一幅逼真而富有情趣的有機組合而成的水墨畫。

毛奇齡技驚四座的《明河篇》也有「山水詩」的影子，更能體現毛奇齡山水詩搖曳多姿的特點：「明河潔潔秋夜長，草頭露白生微霜……江南河朔兩相望，河水星光兩搖漾。西園冠蓋翔綠池，東第笙簫啟華帳。張家舊院倚水陂，珠湖千頃漾琉璃。紅橋碧柳通油幕，叢臺復樹繞金羈……晚風乍起烟滿湖，月輪推湧湖中珠。明雲薄霧繞河漢，蘭橈畫槳環菰蘆。燈前紫幔開杯斝，水面紅粧照綺疏。紅粧紫幔兩相映，水面燈前看不定。明河將月蕩為烟，皓月連湖瀉成鏡。明河皓月乍流沒，彷彿天星墮天末……明河垂垂露華澁，良會何時再能得。賦就明河夜未闌，皦皦東方又將白。」〔註 35〕全詩圍繞著「明河」主題進行鋪排，隨著時間的推移和空間的變易，明河的萬千姿態呈現在讀者的面前。明河在開始時如乾淨的畫布，等待詩人拿著畫筆去點染：星光搖曳在河水之上，精美的冠蓋倒影在綠池之上，隨著人們活動的熱鬧程度增加，整個湖面頓時變得「珠光寶氣」般的絢麗多姿。而「月」和「河」的空間關係成為詩人努力表現的對象，下面的詩句體現了這一點。月光照射之下的湖水上似乎升騰著一層淡淡的煙靄，皓月當空，投

〔註 34〕（清）毛奇齡，毛西河先生全集・七言律詩・卷一・入湘湖書事・其一〔M〕，清嘉慶蕭山陸凝瑞堂刊本。

〔註 35〕（清）毛奇齡，毛西河先生全集・七言古詩・卷二〔M〕，清嘉慶蕭山陸凝瑞堂刊本。

射在水面上倒影竟像一面光潔的鏡子。波光粼粼的水面，起伏不定，而隨著水面起伏不定的還有月兒的影子……

另外，與之相對應的是，毛奇齡山水詩還有「奇崛」的一面。毛奇齡有《廬山》詩：「嶢崢東峃勝，蒼茫南斗間。倒傾彭蠡浪，雄出豫章山。駭谷驚難度，奇峰秀莫攀。星光流電閣，日影上天關。石鏡懸孤照，屏風疊九鐶。蓮花開社白，杏子墜林殷。雁陣迷遙渚，鵬垂暗大寰。分流遮七澤，越嶺控諸蠻。雙闕遊來迴，三宮望去閒。陶潛真逐客，匡氏本仙班。赤豹司金鎖，青猿獻玉環。危梁跨兀兀，飛瀑下潺潺。剎轉金輪扇，鸞封錦石斑。清飆廻一氣，散岫簇雙鬟。吳楚區分大，乾坤到處艱。幽棲能託跡，應見白雲還。」[註36] 詩歌渲染了廬山雄奇壯麗，具有雄、奇、險、秀的特徵，詩人圍繞這些特點，一一描述，筆力相當雄健深沉，奇崛峭拔。毛奇齡還有《謁嵩嶽》等詩，也體現了這一點，沈德潛把其特點歸為「典重肅穆」[註37]。

毛奇齡的友情詩也不少，如《將出巴城道寄徐十五緘》：「記得來時秋雨零，我投蕭寺徐生行。秋雨淹寺門，徐生行且住。惜也三日留，仍向雨中去。雨中一去秋水寒，聞君久滯豐城間。至今草青及春暮，不識君今又何處？十年奔走不得志，道路相逢偶然事。南北東西各自馳，誰復風塵訊騏驥。我數遊南昌，潦倒無一詞，羨君慷慨歷落千囘思。去年雨中讀君句，恍捲長河向天注。一任秋霖汩馬牛，半入寒空散烟霧。登臨若此真可惜，何處天涯少蹤跡？但使能留高士亭，無須更作名王客。巴城二月春草薰，城頭黃鳥啼紛紛。我行記得君行日，欲出巴城轉憶君。」[註38] 徐緘字伯調，山陰人，少與毛奇齡交，毛奇齡有《木弟桐音伯調奕慶諸子集東書堂各有詩見懷悵然賦之》、《伯調將西行疑予留妓飲不為供餞馳詩劇謿因妄為答嘲焉》、《送徐十五緘之揚州》。毛氏

〔註36〕（清）毛奇齡，毛西河先生全集·排律·卷一〔M〕，清嘉慶蕭山陸凝瑞堂刊本。
〔註37〕（清）沈德潛編，清詩別裁集〔M〕，北京：中華書局，1975：191。
〔註38〕（清）毛奇齡，毛西河先生全集·七言古詩·卷七〔M〕，清嘉慶蕭山陸凝瑞堂刊本。

在此詩中追述與伯調的交情，幾乎一字一淚，情真意切。毛奇齡與蔡仲光為生死交，毛奇齡有《別蔡大敬》五首，更是感人至深，該詩用了「頂針」的格式，下一首詩開頭的兩個字是上一首詩結尾兩個字。如其二：「延佇不得去，行子辭故鄉。明星在天端，晨夕互相望。我今辭子去，不知從何方。飄蓬追驚風，風發蓬益揚。」〔註39〕其三：「飄蓬隨風揚，飛飛會有極。江流去湯湯，赴海自止息。伊予獨何辜，坎壈久失職。號呼仰蒼天，天宇為傾仄。」〔註40〕這就造成了一種層層遞進、愈轉愈深的抒情氛圍，使得這種生死之交的濃烈情感得以噴湧而出。

題畫詩作為一種詩體，「以『有聲畫』與『無聲詩』相結合，從而與書、畫、印融為一體，形成中國繪畫藝術獨特的民族風格，卓立於世界藝術之林」〔註41〕。在《西河合集》中也有不少。毛奇齡本人就是一個書畫家，馬金伯《國朝畫識》引《圖繪寶鑒續纂》：「（毛奇齡）工書法，尤善畫，妙得天趣，意到筆隨，但稍自矜，惜不多作，得者爭寶之。」〔註42〕又引《畫徵錄》：「蕭山毛檢討大可善畫，嘗為姚士重作梅，又為駱明府作麻姑。」〔註43〕李玉棻《歐缽羅室書畫過目考》則云：「余藏有（毛奇齡）墨梅絹本立幀，枝蕚不多，書味撲人眉宇，梅花有知，亦當莞爾，文人之筆，應具正法眼觀焉。」〔註44〕由此可知，毛奇齡的題畫詩對於畫作的鑒賞，是「行家本色」，是「正法眼藏」。毛奇齡的題畫詩具有較為濃厚的文人氣息，試看其《題畫》：「君不見，丹山之穴千仞

〔註39〕（清）毛奇齡，毛西河先生全集‧五言格詩‧卷三〔M〕，清嘉慶蕭山陸凝瑞堂刊本。

〔註40〕（清）毛奇齡，毛西河先生全集‧五言格詩‧卷三〔M〕，清嘉慶蕭山陸凝瑞堂刊本。

〔註41〕孔壽山，論中國的題畫詩〔J〕，文藝理論與批評，1994（06）：105。

〔註42〕（清）馬金伯，國朝畫識〔M〕//周駿富輯，清代傳記叢刊 71，明文書局，1985：539。

〔註43〕（清）馬金伯，國朝畫識〔M〕//周駿富輯，清代傳記叢刊 71，明文書局，1985：539。

〔註44〕（清）李玉棻撰，歐缽羅室書畫過目考〔M〕//周駿富輯，清代傳記叢刊 74，明文書局，1985：321。

高，上有朱鳳聲嗷嗷。八方攬德久不下，一朝奮翮求其曹。朱光向日耀
五采，翠羽順風揚九苞。低昂宛轉起雲表，萬里相過向蓬島。華池阿閣
何處棲，但見將雛舞來好。春花滿岫露滿枝，啾啾百鳥爭群棲。不分夏
鳩并春鳸，後羅孔雀前山雞。簫韶不作至者鮮，穎上金臺望中遠。種得
梧桐蔭未成，採來竹實香猶淺。高堂展絹采色新，就中威鳳當麒麟。誰
將東海仙人宅，寫作瑤臺天上春。」〔註45〕這應是題於鳳凰畫作上的詩，
詩人一開始就突出其特立獨群，看門見山地描摹出其居住的環境，重點
突出其高潔的形象。下面作者展開了文學的想像：鳳凰為了求其偶，奮
翮高飛，身上的彩紋在陽光照耀更為奪目，鮮豔的羽毛順著風兒更加舒
展，其九種特有的品質因之彰顯。（徐堅《初學記》引《論語摘衰聖》：
「九苞者：一曰口包命，二曰心合度，三曰耳聽達，四曰舌紐伸，五曰
彩色光，六曰冠矩州，七曰距銳鉤，八曰音激揚，九曰腹文戶。」〔註46〕）。

　　毛奇齡多應酬詩，這是他本人都承認的。其應酬詩應分為幾類：
一是與親友酬應倡和詩，如《投寓天衣寺謁乾公和尚同張五彬用宋之
問韻》、《春晚曹顧菴學士過天中署夜飲即席和見贈原韻》、《瞿山畫松
歌和施學士》、《登鎮海樓和友》、《冬夜湖西席限韻二首時計百司理將
曉行》等。二是與同僚或上層社會成員的應酬倡和詩，毛奇齡「中年以
前之作，豪宕哀感，多見性情。通籍後，莊雅，近臺閣體。意境一變，
要皆一守唐格，不作宋以後語。」〔註47〕通籍之後，毛奇齡與男性詩
人的倡和之作如《恭誦安親王世子秋江夜月絕句依韻奉和》、《奉和裕
親王園林題壁三絕句原韻應教初秋》、《答和陸大嘉淑見貽原韻》、《春
晚曹顧菴學士過天中署夜飲即席和見贈原韻》、《康熙乙丑予奉使分校
會闈得士一十二人竣事躬紀兼呈同考諸公》、《陪益都相公遊怡園假山
奉和原韻》等等。通籍之後，毛奇齡詩風為之一變，而大量的倡和之作

〔註45〕　（清）毛奇齡，毛西河先生全集・七言古詩・卷十三〔M〕，清嘉慶蕭
　　　　　山陸凝瑞堂刊本。
〔註46〕　（唐）徐堅等著，初學記〔M〕，北京：中華書局，1962：723。
〔註47〕　徐世昌，晚晴簃詩匯〔M〕，北京：中華書局，1990：1700。

顯示出毛奇齡「臺閣體」的本色。三是祝壽之類詩。張維屏《國朝詩人徵略》引《松軒隨筆》:「名家古文多存壽文者,殆無過歸震川,名家古詩多存壽詩者,殆無過毛西河。豈作者不忍割愛耶,抑編者不敢刪之也?」〔註48〕如毛奇齡有《黃開平四十初度》、《清芬閣方夫人初度》、《丁司理偕內君王夫人玉映四十初度一在九月一在七月》、《奉贈徐春坊先輩兼祝初度一十五韻》、《寄祝同年汪編修尊人雙壽》、《壽淮陰楊母》等。此外,毛奇齡還有諸如邊塞詩等主題的詩歌作品。

第二節　毛奇齡詩歌的風格特徵及創作手法

　　毛奇齡的詩歌創作體裁多樣,《毛西河先生全集》共收五言絕句三卷、七言絕句八卷、排律六卷、七言古詩十三卷、五言律詩六卷、七言律詩十卷、七言排律一卷、五言格詩五卷。再加上六言格詩,「西河六言詩舊無存者,只《越選》中二首,《吳越選》中二首,盡入樂府。」〔註49〕。此外,《越郡詩選》還選有毛奇齡四言詩《崇蘭有敘》、《堯之平有敘》等。因而,毛奇齡創作詩歌作品的體裁完備,無體不工。

　　毛奇齡注重學習前代詩人的詩歌風格特點,如毛奇齡四言詩作《崇蘭》有《詩經》的影子,「崇崇秋蘭,被於中阿。零露離離,高陽列施。蔓彼晨苗,曾莫之偕。崇崇秋蘭,被於中薄。其節之孿,其葩之偉。佩之用幃,貽以是握。大人攸宜,君子既度。崇崇秋蘭,被於中唐。無足不利,無隋不芳。繁稠之從,孫生之初。莽莽者木,維霜斯披。蓳蓳者蓼,隕於西吹。侯彼崇蘭,以條以綏。稽爾貞心,穉爾後來。」〔註50〕黃運泰對此云:「比興瞭然,其格之矯變、辭之典,則彷彿《葛覃》。」〔註51〕

〔註48〕　（清）張維屏,國朝詩人徵略‧卷十〔M〕,清道光十年刻本。

〔註49〕　（清）毛奇齡,毛西河先生全集‧六言詩〔M〕,清嘉慶蕭山陸凝瑞堂刊本。

〔註50〕　（清）黃運泰;（清）毛奇齡,越郡詩選‧卷一〔M〕,上海圖書館藏清刻本。

〔註51〕　（清）黃運泰;（清）毛奇齡,越郡詩選‧卷一〔M〕,上海圖書館藏清刻本。

　　毛奇齡樂府詩有漢魏詩風格特色，毛奇齡《似豔歌何嘗行》：「好鳥勿棲壞屋，好花勿生塗泥。力子恒苦瘠，逸子恒苦肥。力子拮据終歲，私顧乏食，猶有病婦伸手索箸飯薑……小麥青青，大麥萎黃。男兒出門，奚免凍僵。何處求我？灰在亭西之阪，桓東之塲。婦病不能起，牽衣在床。吁嗟！此行當成名。」〔註 52〕《似豔歌何嘗行》擬古樂府的形式，曹丕有《豔歌何嘗行》，屬於樂府《相和歌‧瑟調曲》。毛奇齡的擬作形象而神似，所謂「全乎漢音」〔註 53〕，所謂「時稱大可樂府極似曹公，同其古直，而悲涼過之。」〔註 54〕

　　毛奇齡本人曾說：「詩必盡其才為妙……古來能盡其才者三人，梁簡文、杜甫、白居易而已，李白勿與焉……又曰：『簡文篇法不高，長慶七律、五古真調卑格陋，然就其佳處讀之，幽微驚詫，光怪萬端，非發物理之秘，開人情之精，何必有此。世必襲宮體為簡文，仿打油為樂天，真儓父也。」〔註 55〕由此可見，毛奇齡對於簡文帝、杜甫、白居易的詩歌特點瞭如指掌，並學習模仿之。毛奇齡好友施閏章認為毛奇齡的樂府、五言古詩學習了《離騷》的「哀情促響、悱惻無端」風格，而七言古詩的「似謠似諺，率多古音」的風格，則與李賀、王建的七言古的風格相近〔註 56〕。對毛奇齡的學術大力表彰的阮元則說：「天然湊泊唐人，最近李頎。」〔註 57〕要之，毛奇齡的詩歌風格，不主一家，而又能融會變通，隨體別裁，自成一格。一方面，毛奇齡堅持「唐音」創作的風格特徵，而又不是亦步亦趨，自有新意，形成一種「纏綿悱惻、幻

〔註 52〕　（清）黃運泰；（清）毛奇齡，越郡詩選‧卷二〔M〕，上海圖書館藏清刻本。

〔註 53〕　（清）黃運泰；（清）毛奇齡，越郡詩選‧卷二〔M〕，上海圖書館藏清刻本。

〔註 54〕　（清）黃運泰；（清）毛奇齡，越郡詩選‧卷二〔M〕，上海圖書館藏清刻本。

〔註 55〕　（清）毛奇齡，毛西河先生全集‧排律〔M〕，清嘉慶蕭山陸凝瑞堂刊本。

〔註 56〕　（清）施閏章撰，施愚山集‧1〔M〕，合肥：黃山書社，2014：115。

〔註 57〕　（清）阮元，定香亭筆談‧卷四〔M〕//叢書集成新編‧79，臺灣新文豐出版公司，1985：619。

渺情深」的風格。另一方面，毛奇齡由初、盛唐詩上溯之六朝詩，其詩有一種「沉博絕麗」的特徵。

毛奇齡堅持「唐音」創作的風格特徵，而又不是亦步亦趨，自有新意，「近體多新語，不作淹熟」〔註58〕，形成一種「纏綿悱惻、幻渺情深」的風格。當然相對於最優秀的唐詩作品而言，毛奇齡有的詩歌缺乏一定的蘊藉，有時顯得比較直露。同時這些「唐音」創作也有「猥雜」的弊病。

毛奇齡詩學祈向影響到了創作實踐，但唐詩格調卻是主調，而力主「唐音」詩學實踐也是對宋調詩歌的一種有力的反撥。楊際昌《國朝詩話》云：「（毛奇齡）詩擬唐人，意在矯虞山推崇宋、元之枉，議者目為唐皮。」〔註59〕通籍之後，毛奇齡的詩風有所變化，但仍恪守唐詩格調，「通籍後，莊雅，近臺閣體。意境一變，要皆一守唐格，不作宋以後語」〔註60〕。概括而言，毛奇齡的「唐音」創作有以下特點：其一，有意識地向唐代詩人學習，其詩從格調到風骨，形神接近。毛奇齡早期翻作唐人詩作，體現了這種對唐人學習模仿的過程。如《將度玉山悶宿旅亭翻王之渙涼州詞閒遣》：「白楊一萬片，遠度何間關。不怨春城笛，孤雲上玉山。」〔註61〕毛氏還有一首《又翻涼州詞別鄧上》：「玉山不須度，關門遠孤笛。春城萬柳間，片雲一何白。」〔註62〕而王之渙的《涼州詞》其一：「黃河遠（一本次句為第一句，黃河遠上作黃沙直上）上白雲間，一片孤城萬仞山。羌笛何須怨楊柳，春風不度玉門關。」〔註63〕，毛氏翻作與王之渙《涼州詞》非常相近，只是七言變成

〔註58〕 （清）施閏章撰，施愚山集·1〔M〕，合肥：黃山書社，2014：115。
〔註59〕 （清）楊際昌，國朝詩話〔M〕//郭紹虞，清詩話續編，上海：上海古籍出版社 1983：1695。
〔註60〕 （清）徐世昌，晚晴簃詩匯〔M〕，北京：中華書局 1990：1700。
〔註61〕 （清）毛奇齡，毛西河先生全集·五言絕句·卷二〔M〕，清嘉慶蕭山陸凝瑞堂刊本。
〔註62〕 （清）毛奇齡，毛西河先生全集·五言絕句·卷二〔M〕，清嘉慶蕭山陸凝瑞堂刊本。
〔註63〕 全唐詩·4〔M〕，北京：中華書局，1999：2841～2842。

了五言，字句重新進行了編排，氣度格調稍有不同。此外，毛奇齡作
《月夜翻王建中庭地白樹棲鴉詩並作倡和》七首，其一云：「露白鴉棲
冷，秋庭桂樹花。誰知明月夜，無地不思家。」〔註64〕王建《十五夜望
月寄杜郎中》詩：「中庭地白樹棲鴉，冷露無聲濕桂花。今夜月明人盡
望，不知秋思在（一作落）誰家。」〔註65〕可以說，毛奇齡詩與王建詩
在此題上語言和意境上高度的一致性，只是最後一句意味有所不同。

　　另外，毛奇齡還有翻作李白、王昌齡、張繼等人的詩作，模擬遊
戲之餘，形神兼備。而毛奇齡其他詩作在不經意間也逗露出唐詩格調，
如七言絕句《漢苑行》其一：「綵燕初翻百子池，宮花齊發萬年枝。但
知上苑寒歸早，不道人間春到遲。」〔註66〕董子長評價云：「真初唐調，
近人昧此久矣。」〔註67〕如七言律詩《海昌沈寅工陸冰修過訪登文園
高峰》：「樹色莊亭曉未開，平潮午落故人來。共登高嶠風初霽，坐看寒
江水自回。山水接天懸畫棟，幽花欹雨落蒼苔。文園司馬還能賦，況而
今推枚乘才。」〔註68〕黃運泰對此評價云：「自是大家矩度。幽花句已
入摩詰奧宅矣。」〔註69〕再如五言三韻律《晚春郊行》：「綠水前溪漲，
丹花出郭稀。柳邊門影靜，日下雨絲飛。村店重沽酒，山亭一換衣。」
〔註70〕此作應為早年的詩歌作品，自然寫景之作，卻一片神行，有盛
唐詩的風神韻味、絕無嘉隆朝學唐剽竊模擬之態，體現了唐詩風格對

〔註64〕（清）毛奇齡，毛西河先生全集・五言絕句・卷二〔M〕，清嘉慶蕭山
　　　　陸凝瑞堂刊本。
〔註65〕全唐詩・5〔M〕，北京：中華書局，1999：3434。
〔註66〕（清）毛奇齡，毛西河先生全集・七言絕句・卷三〔M〕，清嘉慶蕭山
　　　　陸凝瑞堂刊本。
〔註67〕（清）毛奇齡，毛西河先生全集・七言絕句・卷三〔M〕，清嘉慶蕭山
　　　　陸凝瑞堂刊本。
〔註68〕（清）黃運泰；（清）毛奇齡，越郡詩選・卷六〔M〕，上海圖書館藏
　　　　清刻本。
〔註69〕（清）黃運泰；（清）毛奇齡，越郡詩選・卷六〔M〕，上海圖書館藏
　　　　清刻本。
〔註70〕（清）毛奇齡，毛西河先生全集・五言三韻律〔M〕，清嘉慶蕭山陸凝
　　　　瑞堂刊本。

毛奇齡的影響。

　　毛奇齡學唐詩能自出新意，並不亦步亦趨，能自成風格，形成一種纏綿悱惻、幻渺情深的風格。四庫館臣云：「（毛奇齡）其詩又次於文，不免傷於猥雜，而要亦我用我法，不屑隨人步趨者」〔註 71〕沈德潛評價毛奇齡詩：「（毛奇齡）詩學規模盛唐，時專尚宋體，故多起而議之者，然學唐而能自出新意，不同於規孟賁之目，畫西施之貌者也，視采剝宋人皮毛者，高下可以道里計耶。」〔註 72〕毛奇齡的詩歌創作不同於前後七子的假唐詩，也不同於學宋詩者的生吞活剝，所謂「學唐而能自出新意」，卻能矯學宋詩者粗鄙浮滑與尖新猥淺之弊病。如毛奇齡有詩《西施廟》：「浦口西施廟，蕭蕭竹映門。越王山下路，寂寂苧蘿村。紅粉溝頭水，青苔石上魂。夜來餘里婦，燈燭伴黃昏。」〔註 73〕查為仁《蓮坡詩話》認為毛氏此詩前四句是仿唐鄭谷的扇對風格，鄭詩為：昔年共照松溪影，松折碑荒僧已無。今日還思錦城事，雪消花謝夢何如。（鄭谷《哭僧》）只是毛奇齡詩「稍有變化，不對得十分工致耳」〔註 74〕查氏所指應是「西施廟」與「山下路」，「竹映門」與「苧蘿村」只是寬對，意謂毛奇齡學習唐人之風格，又有所變化，並不是死守窠臼，一味佞唐，具有一定的新意。施閏章說：「其詩曰：『越人擁楫久蒙好，慷慨悅君知不知？』誦之淒惻婉變，一唱三歎，何其情深旨永，纏綿不可解也。」〔註 75〕。施氏以為：「論者謂以沈宋之法，行溫李之詞，時罕及矣。」〔註 76〕沈宋指沈佺期、宋之問，他們在近體詩律化的過程中起到了重要的作用，追求情多興遠，字句精巧，錦繡成文。而溫李則是指溫庭筠、李商隱，好以奇麗纏綿之詞，抒個人感傷之懷。這應該

〔註 71〕（清）永鎔等，四庫全書總目〔M〕，北京：中華書局，1965：1524。
〔註 72〕（清）沈德潛，清詩別裁集〔M〕，上海：上海古籍出版社，2013：427。
〔註 73〕（清）毛奇齡，毛西河先生全集・五言律詩・卷三〔M〕，清嘉慶蕭山陸凝瑞堂刊本。
〔註 74〕（清）陶元藻輯；蔣寅點校，全浙詩話・外一種・第 4 冊〔M〕，杭州：浙江古籍出版社，2017：1045。
〔註 75〕（清）施閏章撰，施愚山集・1〔M〕，合肥：黃山書社，2014：115。
〔註 76〕（清）施閏章撰，施愚山集・1〔M〕，合肥：黃山書社，2014：348。

是毛奇齡詩歌風格特徵的主要淵源之一。

可以這樣說，毛奇齡詩歌中「新意」是很大程度上由纏綿悱惻、幻渺情深的風格所主導下而顯現出來。具體的作品如毛奇齡的《漫贈》：「陽平樂部錦雲標，中有真娘似阿喬。曾下吳宮教度曲，重逢隋苑聽吹簫。雙瞳夜剪巴江雨，一笑春生揚子潮。杜牧未來韓判去，可憐二十四條橋。」〔註77〕《全浙詩話》引《畫漁餘話》云：「康熙初，毛西河太史《席上贈伎詩》云：『雙瞳夜剪巴山雨，一笑春生揚子潮。』凡形容麗人者，當無勝此一聯矣。特次句所云『揚子潮』，人多失解，予以為此乃狀笑容，非狀笑聲也。緣揚子江心獨有水渦，而笑靨亦能生渦，若作笑聲解，則此一笑竟如鯨鍾鞳鞳、鼉鼓砰訇，聞者方掩耳驚走之不遑，何以惑陽城而迷下蔡耶。」〔註78〕單就「雙瞳夜剪巴江雨，一笑春生揚子潮」的句子而言，上一句還好理解，李賀有詩云：「骨重神寒天廟器，一雙瞳人剪秋水」〔註79〕（李賀《唐歌兒杜黶公之子》），形容人的雙瞳像秋水一樣清澈乾淨。而「一笑春生揚子潮」則難以理解了，《西河文選》評者謂此處為「風流跌宕」〔註80〕，卻並不說明如何「跌宕」。而這就是毛奇齡詩歌的生新之處。《畫漁餘話》把「揚子潮」理解為女性笑起來時臉上的酒窩，應該較為準確。這句話顯示了毛奇齡於唐詩風格既有繼承又有生新的關係，把女性的笑狀形容像「揚子潮」一樣，要表現女性的與眾不同的情感與性格，就必須運用一定藝術手段。而藝術手段的運用又必須在一定藝術風格的指導下進行。毛奇齡的詩歌風格即是「纏綿悱惻、幻渺情深」，在狀寫女性笑容時，選擇了一個讀者較為陌生但又能想像出來的藝術

〔註77〕（清）毛奇齡，毛西河先生全集・七言律詩・卷三〔M〕，清嘉慶蕭山陸凝瑞堂刊本。

〔註78〕（清）陶元藻輯；蔣寅點校，全浙詩話・外一種・第4冊〔M〕，杭州：浙江古籍出版社，2017：1045。

〔註79〕（唐）李賀，李賀歌詩集・歌詩編第一〔M〕，四部叢刊景金刊本。

〔註80〕（清）汪霦；（清）陸葇；（清）袁祐；（清）龐塏評選，重訂西河文選・卷十一〔M〕，上海圖書館藏清乾隆49年（1783）萬卷樓刻本。

手段：運用比擬的方法，把女性的笑起來時臉上的酒窩比作了浙江潮的漩渦，重點強調該女子情感性特徵。還有一個更為貼切的例證，就是毛奇齡的《覽鏡詞》，其一：「漸覺鉛華盡，誰憐顱頷新。與余同下淚，只有鏡中人。」〔註81〕該詩構思巧妙，具有相當的新意，尤其是最後兩句，承接上兩句之意。無人同情詩人面容的憔悴、內心的滄桑，只有鏡中人與詩人留下了同樣的眼淚，表示安慰。這也是「加重」一層的寫法。《西河文選》評者云：「分一為二，慘極。」〔註82〕就是說得這個意思。沈德潛更說得明白：「其實無一同心人也，然道來曲而有味」〔註83〕這種情感上纏綿不休，會促使詩人尋找一種合適的表達方式與風格，而「以沈宋之法，行溫李之詞」，變成一種較為合理的方式與風格。

當然，毛奇齡「唐音」創作也有一些缺陷，如《長門怨》：「玉殿金缸晚色新，殿前少使繡麒麟。夜來恐索長門錦，要賜平陽歌舞人。」〔註84〕沈德潛對此評價云：「別出新意，發露盡矣。若唐人為之，便有多少含蓄。」〔註85〕含蓄與發露是兩個相對的概念，沈德潛強調毛奇齡的「新意」，缺少含蓄之美，指出毛奇齡不及唐人詩之處。舒位《瓶水齋詩話》則云：「毛西河於詩本非專家，又頗以多為貴，以速為工，故所作少真切語，亦乏蕭散閒遠之致。當去其太似唐人之處，而西河之真詩固有在也。」〔註86〕舒位所說「以多為貴」，應指毛詩多應酬詩，而登臨感寄之詩較少，即四庫館臣所說的「猥雜」。舒位主張去掉其似

〔註81〕（清）毛奇齡，毛西河先生全集‧五言絕句‧卷一〔M〕，清嘉慶蕭山陸凝瑞堂刊本。
〔註82〕（清）汪霦；（清）陸葇；（清）袁祐；（清）龐塏評選，重訂西河文選‧卷十一〔M〕，上海圖書館藏清乾隆49年（1783）萬卷樓刻本。
〔註83〕（清）沈德潛，清詩別裁集〔M〕，上海：上海古籍出版社2013：191。
〔註84〕（清）毛奇齡，毛西河先生全集‧七言絕句‧卷一〔M〕，清嘉慶蕭山陸凝瑞堂刊本。
〔註85〕（清）沈德潛，清詩別裁集〔M〕，上海：上海古籍出版社2013：191。
〔註86〕（清）舒位，瓶水齋詩話〔M〕//張寅彭主編；吳忱，楊焄點校，清詩話三編4，上海：上海古籍出版社2014：2323。

唐詩之作，才能得到毛詩真意，當然這也是他的一家之言。要之，毛奇齡的詩歌創作，在清初宋詩風氣籠罩之下，毛奇齡以其力主唐音的詩歌創作力矯宋元詩之枉，這是不可置疑的。我們上文主要針對毛奇齡詩歌「情感上」的風格特徵，下文則是對其用字、用句及意蘊上風格特徵加以說明。

　　另一方面毛奇齡由初、盛唐詩上溯之六朝詩，其詩有一種「沉博絕麗」的風格。首先，我們試看毛奇齡這一首詩《扶南曲歌詞》其三：「試馬環俱墮，憑箏袖有紋。花陰齊却扇，草短故翻裙。後苑饒行樂，千秋奉聖君。」〔註87〕王維曾有《扶南曲歌詞》，其一云：「翠羽流蘇帳，春眠曙不開。羞從面色起，嬌逐語聲來。早向昭陽殿，君王中使催。」〔註88〕兩者比較而言，王維的《扶南曲》有些直露，缺乏蘊藉。而毛奇齡的詩卻有一定蘊含，雖最後一聯稍顯直白，但整首詩卻曲而有味，婉轉有情。程杓石（程棟，字杓石，江蘇長洲人）認為毛奇齡《扶南曲歌詞》對六朝詩有直接的承繼關係：「流靡以妍婉形曲寫，簡文、梁元後僅有之作。王維舊曲當此減色矣，不意王、李乳廓後重見此等。」〔註89〕簡文是梁簡文帝蕭綱，梁元是梁元帝蕭繹，他們最擅長的就是寫作宮體詩，寫的是「沒筋骨、沒有心肝的宮體詩」〔註90〕，有的只是詞藻的細緻，聲調的流利。試看蕭綱的《春閨情》：「楊柳葉纖纖，佳人懶織縑。正衣還向鏡，迎春試捲簾。摘梅多繞樹，覓燕好窺簷。只言逐花草，計較應非嫌。」〔註91〕在外在形式和內在意蘊上，可以說毛奇齡此題詩作與簡文帝有相似之處，毛奇齡顯然借鑒了簡文的寫作風格。而《西河文選》的評價者認為毛奇齡「試馬環俱墮，憑箏袖有

〔註87〕（清）毛奇齡，毛西河先生全集·五言三韻律〔M〕，清嘉慶蕭山陸凝瑞堂刊本。

〔註88〕（唐）王維著；（清）趙殿成注，王維詩集〔M〕，上海：上海古籍出版社，2017：15。

〔註89〕（清）毛奇齡，毛西河先生全集·五言三韻律〔M〕，清嘉慶蕭山陸凝瑞堂刊本。

〔註90〕聞一多撰，唐詩雜論〔M〕，上海：上海古籍出版社，2011：11。

〔註91〕（南北朝）徐凌，玉臺新詠〔M〕，四部叢刊景明活字本。

紋。花陰齊卻扇,草短故翻裙」之詩句超過了簡文帝的詩句:「簡文、梁元當此失色,何況王維舊曲。」〔註92〕再如毛奇齡《河亭妓席有贈得遲字》:「柳氏茱萸女,王家菡萏池。秋星迷渚鵲,夜色動河藥。叢鬢撩雲幔,雙瞳瀉酒卮。鈿銜山竹葉,裙裏石榴皮……桐絲牽腕帶,笛孔拭脣脂……」〔註93〕詩歌的內容姑且不論,就其風格而言,明顯有六朝詩歌的影子,《西河文選》所謂「六朝絕豔」,指的是「鈿銜山竹葉,裙裏石榴皮」這句詩具有一種「絕麗」的特色。而《西河文選》謂「梁簡文」,指的是「桐絲牽腕帶,笛孔拭脣脂」這句詩,意謂借鑒了梁簡文帝的寫作風格特徵〔註94〕。

這種「絕麗」或「絕豔」並不是泛泛使用,從某種情況來講,還糾正了六朝之過於注重辭藻華麗的夙習,毛奇齡有《秋日集城東何氏山莊》:「積雨散伏熱,新晴動秋陽。涼風接單衣,亭午到草堂。疏沼澹雲影,層樓翳山光。分黃野禾熟,帶綠江橘香。」〔註95〕《西河文選》評價云:「攢簇無泛豔,一洗六朝夙習。」〔註96〕辭藻的華美是外在的形式,而形式與內容要緊密結合,才能成為優秀的詩歌作品,六朝詩歌僅僅注重形式,辭藻和聲律雖日益嚴密,但內容卻是貧弱和乏味的。毛奇齡的詩歌有意避免這種弊病,他的詩歌作品正是「沉博」與「絕麗」的結合,「沉博絕麗」之詞,劉勰《文心雕龍》曾提及過:「楊雄自稱『心好沉博絕麗之文』,其事膚淺,亦可知矣。」〔註97〕按照陸侃如等人的譯

〔註92〕 (清)汪霦;(清)陸葇;(清)袁祐;(清)龐塏評選,重訂西河文選·卷十一〔M〕,上海圖書館藏清乾隆49年(1783)萬卷樓刻本。

〔註93〕 (清)毛奇齡,毛西河先生全集·排律·卷二〔M〕,清嘉慶蕭山陸凝瑞堂刊本。

〔註94〕 (清)汪霦;(清)陸葇;(清)袁祐;(清)龐塏評選,重訂西河文選·卷十一〔M〕,上海圖書館藏清乾隆49年(1783)萬卷樓刻本。

〔註95〕 (清)毛奇齡,毛西河先生全集·五言格詩·卷五〔M〕,清嘉慶蕭山陸凝瑞堂刊本。

〔註96〕 (清)汪霦;(清)陸葇;(清)袁祐;(清)龐塏評選,重訂西河文選·卷十一〔M〕,上海圖書館藏清乾隆49年(1783)萬卷樓刻本。

〔註97〕 (梁)劉勰著;陸侃如,牟世金譯注,文心雕龍譯注〔M〕,濟南:齊魯書社,1995:587。

文，「沉博」即指深刻博洽之意〔註98〕，也是我們上文分析的一樣，即可知「絕麗」前有「沉博」的限定語，這區分了六朝詩與毛奇齡詩不同之處，這形成了毛奇齡詩歌的風格特徵之一。另外，這種絕豔」的「豔」字前還可以加一個「哀」字，所謂「哀豔」也是毛奇齡詩歌一個重要的風格特徵。毛奇齡的詞具有「哀豔」的風格，「李丹壑嘗謂初晴詞極豔，而情甚悱惻，古所稱哀豔二字，初晴有之。女士商雲衣曰：『讀初晴近詞，每使人不怡。』」〔註99〕同樣，毛奇齡詩歌也具有這樣的特色，在有些「絕豔」的詩歌背後，總隱藏著深沉的悲哀，如毛奇齡《哭江陰楊礎上弟》其一：「抱器無成日，多情憶去時。君山明月夜，何處不相思。」〔註100〕其二：「水落看予度，霜清別汝寒。年年驥亭北，花發滿闌干。」〔註101〕黃運泰評價：「哀豔欲絕。」〔註102〕這是悼亡詩，雖然用詞極麗，但斯人已逝，內心的情緒，因為年復一年的繁花盛開而愈沉痛。再如《送姚江黃晦木之三吳》：「酥雨暗孤城，春山繞落英。涉江懷楚頌，對酒恨秦箏。檇李程難定，姑蘇草正生。蘆中人不見，瀨上漫經行。」〔註103〕黃運泰評價：「高秀而麗澤，若不覺其氣之悲。」〔註104〕黃晦木是黃宗炎，黃宗羲之弟。這是送別詩，語詞較為繁麗，讀者也許感覺不到其中的悲哀，因而黃運泰提醒讀者注意，悲哀之氣充溢著全詩。

〔註98〕　（梁）劉勰著；陸侃如，牟世金譯注，文心雕龍譯注〔M〕，濟南：齊魯書社，1995：589。

〔註99〕　（清）毛奇齡，毛西河先生全集・填詞・卷五〔M〕，清嘉慶蕭山陸凝瑞堂刊本。

〔註100〕（清）黃運泰；（清）毛奇齡，越郡詩選・卷七〔M〕，上海圖書館藏清刻本。

〔註101〕（清）黃運泰；（清）毛奇齡，越郡詩選・卷七〔M〕，上海圖書館藏清刻本。

〔註102〕（清）黃運泰；（清）毛奇齡，越郡詩選・卷七〔M〕，上海圖書館藏清刻本。

〔註103〕（清）黃運泰；（清）毛奇齡，越郡詩選・卷五〔M〕，上海圖書館藏清刻本。

〔註104〕（清）黃運泰；（清）毛奇齡，越郡詩選・卷五〔M〕，上海圖書館藏清刻本。

　　當然，大而言之，這種「麗辭」也吸收了歷朝代表作家的「營養」，董閬石就認為：「西河詩氣骨全似少陵，而妙麗精工，無美不備，體曹、王之瑰瑋，抽徐、庾之清新，如丹山鸞鸑，光彩陸離，如建章神明，挾雲飛雨；又如匡廬之瀑、赤城之霞，標舉上出，絕無依垿。讀西河詩，益歎其高且遠也」〔註105〕

　　毛奇齡詩歌在藝術創作手法上做到了多樣而富有變化：一是注重詩歌「賦」的手法的運用。賦比興是《詩經》的創作手法，而「賦」的藝術手法對於後世詩歌創作影響極大，賦即是鋪陳其事，「『物』和『心』是賦的表現對象……『物』包括自然景物、生活事件等各種客體對象；『心』包括情、志、意、趣等各種主體精神要素。」〔註106〕毛奇齡詩歌非常注重用賦的手法，有對景物的描寫，「綠蘋翻葉水生紋，青雀低飛日漸曛」〔註107〕，「近岈水緫紅楄小，滿牆村女綠鬟低。林邊獵火飛春犬，竹下炊烟唱午雞」〔註108〕，「槿花看午落，菱蒂及秋生。野雀空倉聚，鄰雞高樹鳴。採桑春候早，五馬待經行」〔註109〕。有對歷史事件的鋪寫，「橫江路出蒹葭外，望闕心懸霄漢邊。只恐嚴關烽火近，將軍從此駕樓船」〔註110〕，鋪寫的是「時西南用兵」〔註111〕。「王喬豈歎京門遠，嚴助方平甌粵還」〔註112〕，鋪寫的是「時

〔註105〕　（清）毛奇齡，毛西河先生全集・七言古詩・卷七〔M〕，清嘉慶蕭山陸凝瑞堂刊本。

〔註106〕　吳建民著，中國古代詩學原理〔M〕，北京：人民文學出版社，2001：173。

〔註107〕　（清）毛奇齡，毛西河先生全集・七言絕句・卷二・即事〔M〕，清嘉慶蕭山陸凝瑞堂刊本。

〔註108〕　（清）毛奇齡，毛西河先生全集・七言三韻律・泛艇〔M〕，清嘉慶蕭山陸凝瑞堂刊本。

〔註109〕　（清）毛奇齡，毛西河先生全集・五言律詩・卷二・日涉〔M〕，清嘉慶蕭山陸凝瑞堂刊本。

〔註110〕　（清）毛奇齡，毛西河先生全集・七言律詩・卷七・餞宋員外使権贛關〔M〕，清嘉慶蕭山陸凝瑞堂刊本。

〔註111〕　（清）汪霦；（清）陸棻；（清）袁祐；（清）龐塏評選，重訂西河文選・卷十一〔M〕，上海圖書館藏清乾隆49年（1783）萬卷樓刻本。

〔註112〕　（清）毛奇齡，毛西河先生全集・七言律詩・卷六・王時大授連江令〔M〕，清嘉慶蕭山陸凝瑞堂刊本。

東越初平」〔註113〕；有對「情」的體認，對屈大均的悼亡：「寶奩未開瑤琴怨，瓦棺先葬鬱金人。湘靈不斷終歸楚，蕭史原來又去秦。逝者果然難再得，總教無淚也傷神。」〔註114〕有對曼殊病的深情回憶：「汝本雙成質，秋來一病深。燈前衣戀影，身後語傷心。」〔註115〕有接到家人所寄衣的感動：「頓有秋衣至，誰憐王彥寒。寄遙無使到，縫密避人看。約帶鉤全緩，連絲淚未乾。」〔註116〕

　　而賦手法最高水平的表現則是「體物寫志」，「當詩人運用賦的手法將『體物』與『寫志』結合時，詩就能達到極高的藝術境界」〔註117〕。毛奇齡詩歌也不乏這樣的作品，如《春江》：「湛湛春江覆綠波，夕陽江上奈愁何。人家菰菜新晴少，浦口楊花薄暮多。野霧行舟迷遠渡，晚寒歸鳥聚高柯。到來三載隨漁父，不道還為澤畔歌。」〔註118〕中間兩聯為情景交融之句，尤其是野霧迷航、歸鳥居柯之句更具哲思，以景寫出了隱藏者詩人的象徵性隱喻：渴望能夠像鳥兒一樣歸隱山林，逍遙自在。毛奇齡《早秋夜歸湘湖》：「早秋頻向夜，騁望意如何。野牧移新燒，衡門返舊居。波搖湘水闊，木落洞庭虛。縱得南歸雁，征人未有書。」〔註119〕波搖湘水，木落洞庭，野牧新燒，衡門舊居，所有的事物都有隱含著作者情緒，清寂冷落的意象選擇，正是詩人感傷思舊情緒的隱約表達。

〔註113〕（清）汪霦；（清）陸棻；（清）袁祐；（清）龐塏評選，重訂西河文選‧卷十一〔M〕，上海圖書館藏清乾隆49年（1783）萬卷樓刻本。

〔註114〕（清）毛奇齡，毛西河先生全集‧七言律詩‧卷四‧為屈生悼亡並敘〔M〕，清嘉慶蕭山陸凝瑞堂刊本。

〔註115〕（清）毛奇齡，毛西河先生全集‧五言律詩‧卷五‧曼殊病〔M〕，清嘉慶蕭山陸凝瑞堂刊本。

〔註116〕（清）毛奇齡，毛西河先生全集‧五言律詩‧卷四‧得家人所寄衣〔M〕，清嘉慶蕭山陸凝瑞堂刊本。

〔註117〕吳建民著，中國古代詩學原理〔M〕，北京：人民文學出版社，2001：173。

〔註118〕（清）毛奇齡，毛西河先生全集‧七言律詩‧卷三〔M〕，清嘉慶蕭山陸凝瑞堂刊本。

〔註119〕（清）黃運泰；（清）毛奇齡，越郡詩選‧卷五〔M〕，上海圖書館藏清刻本。

　　二是，毛奇齡詩歌創作的表現手法體現在注意詩歌曲折變化上。如《打虎兒行》：「打虎兒，乃在汴梁之禹州。禹州城外朱家樓。小兒十一隨父耕，深林有虎斑毛成。颾颾黑風吹草根，乘風攫人誰敢撄。小兒不識虎，乃亦聞虎名。虎來小兒怖欲啼，掀脣見虎銜父肢。咆哮草際風來吹，兒啼向風不得父。把杙打虎截虎路，三尺童子五尺杙。打虎落毛傷虎臆，虎驚顧兒舍父逃，深林風草皆無色。禹州刺史呼小兒，裹之以帛飽以糜。予時在署識兒面，耳髮稚弱真兒嬉，問兒打虎虎何似，舉手張齒作虎勢。假虎隱幔恐小兒，小兒復怖將啼歸。當時見虎得無怖，此事我亦昧其故。禹州刺史省得知，是日小兒知有父。男兒七尺傷父心，天寒辭墓行求金，安得棄鋏抱長杙，與之同日還深林。我所思，打虎兒。」〔註120〕此詩在「假虎隱幔恐小兒」之前平鋪直敘，意在突出小兒的勇敢打虎，得以救父形象，雖然也很精彩，但傷之過平。而「假虎隱幔恐小兒，小兒復怖將啼歸」卻能夠使得詩歌有了曲折，有了波瀾，因而整首詩歌增色不少。沈德潛對此云：「正說小兒之忘身救父，易於平直，得『假虎隱幔恐小兒』一襯，則小兒之至性愈出，見此時小兒知有父，不知有虎也。此詩有關名教，《西河集》中尤為拔萃之作。」〔註121〕

　　再如《以詩代劄懷復沈九嗣范秘書》：「一從把袂分淮市，幾次封書出禁闈。結綬肯思黃叔度，行吟空憶謝元暉。憑誰極浦題青草，愛爾分曹對紫薇。仁壽鏡邊搖綵筆，上闌花裏賜宮衣。徒聞西掖鵁鶄隔，又見南園蝴蝶飛。太史芸臺行處少，仙人蓬島會來稀。安丘避地歸何得，剡曲移家願屢違。便有黔婁貧到死，莫嫌方叔苦猶饑。院中容易推高第，吳下終難定少微。已分名王無自達，暫逢賢守且相依（小注：時予依汝南金使君署）。故交遠道還貽綺，久在他鄉敢佩韋。但詠玉堂懷友句，不知珠淚向誰揮。」〔註122〕《西河文選》對其評價為：「連作數折，

〔註120〕　（清）毛奇齡，毛西河先生全集·七言古詩·卷一〔M〕，清嘉慶蕭山陸凝瑞堂刊本。
〔註121〕　（清）沈德潛，清詩別裁集〔M〕，上海：上海古籍出版社2013：189。
〔註122〕　（清）毛奇齡，毛西河先生全集·七言排律〔M〕，清嘉慶蕭山陸凝瑞堂刊本。

縷縷如說事。」〔註123〕

　　總而言之，毛奇齡詩歌無論在主題內容，還是藝術風格及手法上，都有鮮明的特點。毛奇齡以其才華橫溢的創作，獨具一格，在「不啻千家」清初詩壇上，佔有一席之位〔註124〕。

〔註123〕（清）汪霦；（清）陸棻；（清）袁祐；（清）龐塏評選，重訂西河文選‧卷十一〔M〕，上海圖書館藏清乾隆49年（1783）萬卷樓刻本。
〔註124〕案：張之洞《書目答問補正》後附有《國朝注疏諸家姓名略總目》，其中列有「詩家」一欄，云：「國朝以詩名者，不啻千家，茲約舉康熙以前名家數人，皆各具一格，有獨到無習氣者，其餘觸目覽涉，以知風會可矣。載不勝載，止可從約。」其中列有吳偉業、馮班、王士禎、施閏章、毛奇齡、朱彝尊、趙執信、查慎行作為清初詩家的代表。（張之洞撰；范希曾補正；徐鵬導讀《書目答問補正》，上海古籍出版社2001年版，第270頁。）

第三章　毛奇齡與清初唐宋詩之爭

　　宗唐禰宋自南宋以來一直是詩壇爭論不休的主題〔註1〕，直到清乾隆間「性靈詩學催發」，「唐宋傳統和門戶之爭的泯滅……使才情和學問的對立、衝突凸顯出來，形成詩壇熱烈討論的另一焦點問題」〔註2〕。具體到清初詩壇，面對著「唐詩」和「宋詩」兩座詩歌高峰，清初詩人們或「由唐入宋」，或「由宋返唐」，或「唐宋兼採」。毛奇齡在這場論爭中，力主唐音，其詩論火藥味濃烈，「這一特徵使他成為與詩壇風氣關係最密切的一位詩人」〔註3〕。毛奇齡一方面力主「唐音」創作，力矯宋元詩之枉，另一方面展開對宋詩的批評。毛奇齡對於宋詩的批評於三端：詩學風格、主題內容、文學史地位。他試圖揭示清初宋詩風的成因。毛奇齡的唐詩觀可以從其詩歌選本《越郡詩選》和《唐七律選》中看出端倪，顯示其唐詩觀的發展變化。而這種變化與清初宋詩風的流行有極大的關係。此外，毛奇齡在唐宋詩之爭的心理動機因素也是值得探討的問題。

〔註1〕齊治平著，唐宋詩之爭概論〔M〕，長沙：嶽麓書社，1984：2。

〔註2〕蔣寅著，清代詩學史・第2卷〔M〕，北京：中國社會科學出版社，2019：490。

〔註3〕蔣寅著，清代詩學史・第1卷〔M〕，北京：中國社會科學出版社，2012：574。

第一節　清初唐宋詩之爭的背景

　　唐宋詩之爭起於何時，由誰開啟？其發展變化的過程又是怎麼
樣的？齊治平認為：「唐、宋詩之爭端，實自歐陽氏啟之」〔註4〕。
歐陽氏即為北宋歐陽修，歐公之於宋詩散文化、議論化有倡導之功。
其門下蘇軾、黃庭堅則承嬗離合，遂開宋詩之區別於唐詩的藝術面
貌。而到了南宋，嚴羽則有意識地總結唐詩與宋詩的風格差異，嚴氏
云：「大曆以前，分明別是一副言語；晚唐，分明別是一副言語；本
朝諸公，分明別是一副言語。如此見，方許具一隻眼」〔註5〕。又云：
「唐人與本朝人詩，未論工拙，直是氣象不同」〔註6〕。嚴羽雖有以
禪喻詩之嫌，其詩學祈向卻對後世唐宋詩之爭漫延滋長有開啟之功。
而「有明之初，高啟為冠，兼唐、宋、元之長，初不於唐、宋、元人
之詩有所為軒輊也。自不讀唐以後書之論出，於是稱詩者必曰唐詩，
苟稱其人之詩為宋詩，無異於唾罵，謂唐無古詩，并謂唐「中」、「晚」
且無詩也」〔註7〕。明前後七子奉唐詩為圭臬，甚至倡言「文必秦漢，
詩必盛唐」，「不讀唐以後書」。詩歌力主初盛唐，模擬剽竊之弊日滋，
號為「假唐詩」，所謂「襲其語言事料而像之」〔註8〕，所謂「宋詩
雖拙，卻是真宋詩；明詩雖工，卻是假唐詩」〔註9〕。公安派、竟陵
派起而矯之，袁宏道提出：「世人喜唐，僕則曰唐無詩；世人喜秦、
漢，僕則曰秦、漢無文；世人卑宋黜元，僕則曰詩文在宋、元諸大家。」

〔註4〕齊治平著，唐宋詩之爭概述〔M〕，長沙：嶽麓書社，1984：5。
〔註5〕嚴羽著；郭紹虞校釋，滄浪詩話校釋〔M〕，北京：人民文學出版社，
　　　1983：139。
〔註6〕嚴羽著；郭紹虞校釋，滄浪詩話校釋〔M〕，北京：人民文學出版社，
　　　1983：144。
〔註7〕（清）葉燮，原詩〔M〕//王夫之等撰，清詩話，上海：上海古籍出版
　　　社，1978：567。
〔註8〕（清）黃宗羲，姜山啟彭山詩稿序〔M〕//黃宗羲著；陳乃乾編，黃梨
　　　洲文集，北京：中華書局，1959：352。
〔註9〕（清）陳確，再與來成夫書〔M〕//陳確著，陳確集，北京：中華書局，
　　　1979：613。

〔註 10〕袁宏道並不是真正的反對唐詩，而是學唐之弊日益嚴重，不得已而為之，「這是他力矯時弊，故甚其詞的說法，顯然並非他真正的見解。他並不貶抑唐詩，而只是反對世人專就法度、格調去標榜唐詩，『欲概天下而唐之』」〔註 11〕。

　　而到了清初，「當我朝開國之初，人皆厭明代王、李之膚廓，鍾、譚之纖仄，於是談詩者競尚宋、元」〔註 12〕。清初詩人們如錢謙益、王士禛、孫枝蔚、汪懋麟、曹禾、汪琬、吳之振等人提倡宋詩，此外還有其他的詩人〔註 13〕也具有學習宋詩的傾向。宋詩風的流行有一定的原因，劉世南認為有文學外部規律的作用，也有文學的內部規律的作用。所謂外部原因主要有：不臣異族，遁跡山林，故好宋詩；受理學影響，故好宋詩；親友傳習，遂宗宋詩；內部原因主要有：性不偕俗者，故好宋詩；厭七子之膚廓，故折而入宋；清人重學問，故好宋詩〔註 14〕。真正宋詩風流行成為一種風氣的是吳之振、呂留良、吳之牧在康熙十年（1671）編輯刊刻《宋詩鈔》，宋犖《漫堂詩說》云：「近二十年來，乃專尚宋詩。至余友吳孟舉《宋詩鈔》出，幾於家有其書矣。」〔註 15〕王士禛在宋詩風氣流行過程中起到了非常重要的作用，

〔註 10〕（明）袁宏道，張幼于〔M〕//袁宏道，袁中郎全集·卷二十二，明崇禎刊本。

〔註 11〕王運熙，顧易生主編，袁震宇，劉明今著，中國文學批評通史 5 明代卷〔M〕，上海：上海古籍出版社，1996：452。

〔註 12〕（清）永瑢等，四庫全書總目〔M〕，北京：中華書局，1965：1522。

〔註 13〕按照蔣寅的說法：當宋詩風初興之際，唐詩派和宋詩派即已分成兩大陣營……據蔣寅引鄧漢儀《寶墨堂詩拾》的一則筆記，宗宋派成員有錢謙益、王士禛，其泛濫其下者有孫枝蔚、汪懋麟、曹禾、汪琬、吳之振。宗唐派則有施閏章、李念慈、申涵光、朱彝尊、徐乾學、曾燦、李因篤、屈大均。蔣寅認為其提名有限，傾向宋詩的還有黃宗羲、呂留良、李良年、田雯、宋犖、葉燮。傾向唐音的還有顧炎武、柴紹炳、毛奇齡、王夫之等。（蔣寅《王漁洋與康熙詩壇》，中國社會科學院出版社 2001 年版，第 43 頁）

〔註 14〕劉世南，清詩流派史〔M〕，北京：人民文學出版社，2004：215～222。

〔註 15〕（清）宋犖，漫堂說詩〔M〕//王夫之，清詩話，北京：中華書局，1978：416。

蔣寅在《王漁洋與康熙詩壇》一書中有較多的論證，所謂「王漁洋倡導的宋詩風氣，持續數十年，跨越大半個康熙朝，對有清一代的詩歌創作產生刻不可忽視的深遠影響，其意義是多方面的。」〔註16〕宋詩風氣流行之後，也會產生粗鄙浮滑與尖新偎淺之弊病，這一點就是宗宋派的宋犖也是承認的：「顧邇來學宋者，遺其骨理而搏扯其皮毛；棄其精深而描摹其陋劣，是今人之謂宋，又宋之臭腐而已，誰為障狂瀾於既倒耶！」〔註17〕宗唐派於是糾正之。在「長安詞客高談宋詩之際」的背景下，施閏章與主張宋詩的汪懋麟論詩不合，施閏章「自選唐人長句律一百首，以示指趨」〔註18〕。施閏章力主唐詩傾向也與毛奇齡一樣，摻雜著政治因素，馮溥對其與之共振盛世清明之音，提倡唐詩，有著較大的期待。朱彝尊詩學主張也是宗唐的一派，儘管其在詩歌創作上擺脫不了宋詩的影響。朱彝尊對其時流行的宋詩風氣提出批評：「今之言詩者，每厭棄唐音，轉入宋人之流派，高者師法蘇黃，下乃效及楊廷秀之體，叫囂以為奇，俚鄙以為正，譬之於樂，其變而不成方者與？」〔註19〕在朱彝尊看來，效法宋詩會帶來種種弊端，所謂叫囂俚鄙，剽竊模擬，並不是詩學審美範式的正宗。且宋詩人本身也有自己的侷限，如陸游之繁縟，范成大之卑弱，九僧四靈之拘束，楊萬里、鄭清之之俚鄙等等。吳喬在《與萬季野書》不無譏諷地說：「為此說者，其人極負重名，而實是清秀李于鱗，無得於唐。」〔註20〕所謂「清秀李于鱗」應指的是王士禛，「吳喬曾品評王士禛為「清秀李于鱗」，意思是王士禛變李攀龍的粗豪為清秀，然而詩中無人，

〔註16〕 蔣寅，王漁洋與康熙詩壇〔M〕，北京：中國社會科學出版社，2001：51。
〔註17〕 （清）宋犖，漫堂說詩〔M〕//（清）王夫之，清詩話，北京：中華書局，1978：417。
〔註18〕 （清）毛奇齡，唐七律選序〔M〕//毛西河先生全集·序卷三十，清嘉慶蕭山陸凝瑞堂刊本。
〔註19〕 （清）朱彝尊，曝書亭集·卷三十八·序〔M〕，四部叢刊景清康熙本。
〔註20〕 （清）吳喬，與萬季野書〔M〕//張寅彭，楊焄，清詩話全編·順治康熙雍正期·康熙朝三，上海：上海古籍出版社，2018：1946。

空枵不實，兩人是一致的」﹝註21﹞。

宗唐派與宗宋派之爭衍化成水火不容之勢。於是調和唐宋詩之爭成為詩壇領袖的主要任務。王漁洋詩學衍變進程就是一個明顯的例子，他由宋返唐，折衷唐宋，企圖達到調和唐宋之爭的火藥味濃烈程度。俞兆晟引王士禛語：「吾老矣，還念生平，論詩凡屢變；而交遊中，亦如日之隨影，忽不知其轉移也。少年初笈仕時，惟務博綜該洽，以求兼長，文章江左，烟月揚州，人海花場，比肩接跡。入吾室者，俱操唐音；韻勝於才，推為祭酒。然而空存昔夢，何堪涉想？中歲越三唐而事兩宋，良由物情厭故，筆意喜生，耳目為之頓新，心思於焉避熟。明知長慶以後，已有濫觴；而淳熙以前，俱奉為正的。當其燕市逢人，征途揖客，爭相提倡，遠近翕然宗之。既而清利流為空疎，新靈寢以佶屈，顧瞻世道，怒焉心憂。於是以大音希聲，藥淫哇錮習，《唐賢三昧》之選，所謂乃造平淡時也，然而境亦從茲老矣。」﹝註22﹞王漁洋提出「神韻」說作為矯正宋詩之弊的藥方，錢鍾書對此云：「漁洋『三昧』，本諸嚴滄浪，不過指含蓄吞吐而言。」﹝註23﹞要之，宗唐宗宋無一定成法，時間遷移，積弊四起，詩學主張也會隨之衍變。

毛奇齡在這場宋詩運動之中始終扮演著反對的角色，儘管其少時也曾寫作過宋元風格之詩作。毛奇齡說：「予少好宋元人詩，既而隨俗觀鍾伯敬選詩，又既而悉棄去，效嘉、隆間王、李、吳、謝、邊、徐諸詩。」﹝註24﹞毛奇齡年少時受知於陳子龍，「甡自少受知華亭陳子龍，評其文曰『才子之文』」﹝註25﹞，「陳公大樽為推官，嘗拔之冠童子，

﹝註21﹞ 周興陸著，中國分體文學學史‧詩學卷‧中〔M〕，太原：山西教育出版社，2013：633。
﹝註22﹞（清）王士禛，漁洋詩話〔M〕//王夫之等撰，清詩話，上海：上海古籍出版社，1978：163。
﹝註23﹞ 錢鍾書，談藝錄〔M〕，北京：生活‧讀書‧新知三聯書店，2001：108。
﹝註24﹞（清）毛奇齡，張澹民詩序〔M〕//毛西河先生全集‧序‧卷二十二，清嘉慶蕭山陸凝瑞堂刊本。
﹝註25﹞（清）施閏章，毛子傳〔M〕//施閏章，施愚山集，合肥：黃山書社，2014：346。

遂補諸生」〔註26〕。而毛奇齡詩學孳乳於陳子龍，其詩學傾向在陳子龍司李紹興之後發生了變化。毛奇齡云：「予幼時頗喜為異人之詩，既而華亭陳先生司李吾郡，則嘗以二雅正變之說為之論辨，以為正可為，而變不可為。而及其既也，則翕然而群歸於正者且三十年。今其變又伊始矣。」〔註27〕所謂「異人之詩」當指宋元之詩、竟陵之詩等，而陳子龍是在崇禎十三年（1640）到任紹興的〔註28〕，這一年毛奇齡十八歲。陳子龍詩歌理念對於毛奇齡影響很大，而陳子龍本人又對唐詩評價甚高，「當拋開具體的形式風格特徵而從比興的角度評價唐詩時，他（陳子龍）不僅認為初盛唐詩歌繼承了風雅傳統，而且認為中晚唐詩也繼承了這種傳統。」〔註29〕那麼，奇齡在後來的反對宋詩的進程中，堅定不移地堅持唐詩格調，應該也與此有關。鄧之誠在《清代紀事初編》中說：「（毛奇齡）初受知於陳子龍，詩尚奇麗，逕路與雲間為近。後來復有變化，由初唐上窺齊梁，思路綿邈，非人意響所及。」〔註30〕可以這樣說，從早年效法宋元之詩之時到受陳子龍詩學影響為止，毛奇齡詩歌創作和理念完成了向唐詩格調轉變的過程。

康熙十八年（1679），毛奇齡應招博學鴻儒科。毛奇齡初入京城，便發現京城的詩學趣味與錢塘詩人群體的詩學風尚有絕大的不同。他在《何生洛仙北遊集序》中說：「吾鄉為詩者不數家，特地僻而風略，時習沿染，皆所不及，故其為詩皆一以三唐為斷。而一入長安，反驚心於時之所為宋元詩者，以為長安首善之地，一時人文萃集，為

〔註26〕（清）全祖望，蕭山毛檢討別傳〔M〕//（清）全祖望撰；朱鑄禹匯校集注，全祖望集匯校集注，上海：上海古籍出版社，2018：987。

〔註27〕（清）毛奇齡，蒼崖詩序〔M〕//毛西河先生全集・序・卷十一，清嘉慶蕭山陸凝瑞堂刊本。

〔註28〕（明）陳子龍，陳忠裕公自著年譜〔M〕//北京圖書館編，北京圖書館珍本年譜叢刊・63，北京：北京圖書館出版社，1998：559～563。

〔註29〕張健，清代詩學研究〔M〕，北京：北京大學出版社，1999：79。

〔註30〕鄧之誠，清詩紀事初編〔M〕，上海：上海古籍出版社，1965：830～831。

國家啟教化，而流俗蠱壞，反至于此。」〔註 31〕此後，毛奇齡一直堅定地站在在反對宋詩前沿陣地上，用詩歌創作實踐和理論批評反對宋詩。康熙四十一年（1702），毛氏晚年編選《唐七律選》，承繼施閏章未竟的反宋詩事業，其詩歌祈向在初盛之間不言而喻。

第二節　毛奇齡與清初宗宋詩風

清初唐宋詩之爭中，毛奇齡力主「唐音」創作。「氣」與「俗化」是毛奇齡對宋詩風批判的兩個維度。毛奇齡晚年對唐、宋詩關係進行了反思，他樹立起宋詩與唐詩並列的位置，把宋詩納入唐詩傳統之中。毛奇齡對清初宋詩風氣之形成的原因做了闡釋：錢謙益的直接引領、宋詩無學的特徵便於清初無學之人學習、宗宋風氣與詩學發展歷程有關。毛奇齡反對宋詩有政治和意氣的因子。

一、「氣」與「俗化」：毛奇齡對宋詩風批判的兩個維度

毛奇齡對宋詩風氣的理論批判集中在兩個維度：首先，毛奇齡認為學宋詩者的詩歌作品調卑氣僿、格調薾弱，毛氏把「氣」作為衡量詩歌好壞的重要標準。毛奇齡在《西河詩話》中云：「詩最忌卑薾，揚子雲以雄詞為賦，然其自言，猶曰：「雕蟲小技，壯夫不為。」蓋文有士氣，有丈夫氣，舊人論詩極忌庸俗，以其無士氣也；且又惡纖弱，以其無丈夫氣也。故凡言格、言律、言氣、言調，當以氣為主。李白無律，然氣足張之；使無氣，則格律與調俱不可問矣。」〔註 32〕這裡的「氣」一方面是指作家先天的稟賦即才氣，另一方面指詩歌作品灌注作者才氣而形成氣勢、氣象。毛奇齡批評學宋詩者著眼點首先集中在詩歌是否有「氣」上：有士氣、丈夫氣，則詩歌作品的風格就能避免卑弱不振，

〔註 31〕（清）毛奇齡，毛西河先生全集·序·卷二十二〔M〕，清嘉慶蕭山陸凝瑞堂刊本。

〔註 32〕（清）毛奇齡，西河詩話〔M〕//張寅彭主編；吳忱，楊焄點校，清詩話三編，上海：上海古籍出版社 2014：841～842。

調卑氣僿。反之，沒有這種「氣」，則格律、聲調不揚，詩歌作品顯示不了壯大的力量。李白的詩歌作品以其人格氣質的豪縱奔逸、狂傲不羈而著稱，雖其個別詩歌作品並不合律，但「氣」足以張之。在毛奇齡看來，學宋詩者或多或少地還保留一點氣，當然無法與盛唐詩人相比：「向學宋詩者，椎陋惡劣，下者類田叟，上者類市儈，醜象已極，然尚有氣也。」〔註33〕雖然毛奇齡還是承認學宋詩的作品「尚有氣」，但批判的意味不言自明。下文直接否定學元、明初詩者：「近一變而為元詩，為明初詩，力務修飾，爭採諸瑣細隱祕語字，裝綴行間，如吳下清客，門巷竹扉蕭蕭；又如貨郎兒攤，多盛盤骨董，小有把美；又如勾欄子弟，用膠清刷髩，踢硏光襪，以自為美好，士氣盡矣。此豈丈夫所為者？嗟乎！初不意累變至此！」〔註34〕毛奇齡似乎在暗示這種「氣」隨著清初宗宋者習作的出現而不斷衰減，最後到了學元、明初詩者，這種「氣」就消磨殆盡了。因而，毛奇齡認為清初學宋者起了消極的帶頭作用，由作者才氣而形成詩歌作品的氣勢、氣象每況愈下。毛氏對缺少「氣」而成的調卑氣僿、格調薾弱的作品極力反對，毛氏甚至認為李商隱的詩歌也犯了這樣的毛病：「其最不足處，是半明半暗，近通近塞，迷悶不得決。蓋其人質本庸下，而又襲元、長之習，原無佳詩，乃復襞積故事以鏝補之，不特調卑氣僿，無言外之意，前人所云乏神味者。」〔註35〕毛奇齡批評李商隱詩，反對其詩「獺祭魚」，批評其詩調卑氣僿，與他反宋詩風的立場有關。

那麼，怎樣做才能使詩歌作品有這種「氣」呢？毛奇齡在《陸孝山詩集序》中回憶自己少時為詩之經驗時說：「特予少為詩，必力排基壂，先擴其所為地步者，而後論裁構之法，格取其高，却諠卑也。氣取

〔註33〕（清）毛奇齡，西河詩話〔M〕//張寅彭主編；吳忱，楊焄點校，清詩話三編，上海：上海古籍出版社2014：842。

〔註34〕（清）毛奇齡，西河詩話〔M〕//張寅彭主編；吳忱，楊焄點校，清詩話三編，上海：上海古籍出版社2014：842。

〔註35〕（清）毛奇齡，西河詩話〔M〕//張寅彭主編；吳忱，楊焄點校，清詩話三編，上海：上海古籍出版社2014：843。

其壯，絕薾弱也。調取其嚌喫，斥嚶咿也。律取其渾涵而周諡，去纖以弛也。意取其刻覈，而旨又取其有餘，慮思維之易疎。而諷歎之又易竭也。至若詞取其雅，韻取其和平，則將使誦者不愧於口，歌者不跲於響。」〔註36〕「氣取其壯，絕薾弱也」，「氣」作為詩歌作品的重要因素，可以克服詩歌調卑氣僿、格調薾弱的毛病，與格、調、律、意、旨、詞、韻等相互配合，最終才能成就完美的詩作。「氣壯」即為「調高氣博」、即為「沉雄廣大」，最終達成「詞雖簡而意甚長」、「浩然自得」的詩歌審美形態。這些論調都是批判宋詩風的背景下提出的，陸孝山能在詩風累變之際，堅守氣格，不詭不隨，堪為正始之音。毛奇齡結合自己和陸孝山的創作實踐，提出了用「氣」的解決清初宋詩風格上弊病的方案。

　　朱東潤在《中國文學批評史大綱》對此說：「宋明論詩好言格調，迨入清初，異論紛起，漁洋以神韻救格調之偏，此一說也，西河之說則主氣。」〔註37〕漁洋詩學由三唐而兩宋，最終拈出神韻之說救格調之弊，而毛奇齡對於清初宋詩風的糾正，是用「氣」對宋詩風的調卑氣僿、格調薾弱的風格特點予以批判，並提出解決方案，這一點在清初詩學史上是應該值得肯定的。當然，對「氣」等詞語強調「都屬於格調派常用的術語，足見他對格調派詩學的浸潤不是一般的深。」〔註38〕明崇禎十三年（1640年），陳子龍司李紹興，陳子龍對奇齡詩學影響頗大。毛奇齡說：「予幼時頗喜為異人之詩，既而華亭陳先生司李吾郡，則嘗以二雅正變之說為之論辯，以為正可為而變不可為。而及其既也，則翕然而群歸於正者且三十年。今其變又伊始也。」〔註39〕在黃運泰、毛

〔註36〕（清）毛奇齡，毛西河先生全集·序·卷三十〔M〕，清嘉慶蕭山陸凝瑞堂刊本。

〔註37〕朱東潤著，中國文學批評史大綱〔M〕，上海：上海古籍出版社，2001：302。

〔註38〕蔣寅著，清代詩學史·第 1 卷〔M〕，北京：中國社會科學出版社，2012：549。

〔註39〕（清）毛奇齡，蒼崖詩序〔M〕//毛西河先生全集·序·卷十一，清嘉慶蕭山陸凝瑞堂刊本。

奇齡編選的《越郡詩選》中，可以看出陳子龍格調之說對毛奇齡的影響，如毛奇齡評價何之梧五言律詩《題仲叔聽松樓》云：「格致最清。」〔註40〕評價金廷韶七言律詩《金華》云：「風格高勁，所謂氣至而調成者。」〔註41〕即使是評價女詩人，也難免不受這種影響，如評價祁德茝《賦得紉針脆故絲》：「結歸正雅，是古法。」〔註42〕而毛奇齡對宋詩及宋詩風的批判主「氣」，明顯受到了陳子龍等格調派的影響。

其次，毛奇齡對學宋詩風的「俗化」傾向不滿，是其批評的另一維度。他認為學宋詩之作品夑鄙不堪，是所謂「市唇儈吻」，即指此而言。毛奇齡在《偶存序》中云：「自陋者倡為趙宋之習，爭趨夑鄙，每以農嗏當良耜之詩。」〔註43〕其內容與精神如「門攤貨郎、勾欄子弟，不可名狀」〔註44〕。毛奇齡這樣說是有根據的，清初康熙年間的學宋詩之習流行之後，自然也產生一些流弊。宗宋派宋犖承認：「顧邇來學宋者，遺其骨理而得扯其皮毛，棄其精深而描摹其陋劣，是今人之謂宋，又宋之臭腐而已，誰為障狂瀾於既倒耶！」〔註45〕有宋詩傾向的葉燮也認為：「近之詩家……務趨於奧僻，以險怪相尚；目為生新，自負得宋人之髓……新而近於俚，生而近於澀，真足大敗人意。」〔註46〕主張唐音的朱彝尊這樣認為：「今之言詩者，每厭棄唐音，轉入宋人之

〔註40〕（清）黃運泰；（清）毛奇齡，越郡詩選・卷五〔M〕，上海圖書館藏清刻本。

〔註41〕（清）黃運泰；（清）毛奇齡，越郡詩選・卷六〔M〕，上海圖書館藏清刻本。

〔註42〕（清）黃運泰；（清）毛奇齡，越郡詩選・卷三〔M〕，上海圖書館藏清刻本。

〔註43〕（清）毛奇齡，偶存序〔M〕//毛西河先生全集・序・卷三十一，清嘉慶蕭山陸凝瑞堂刊本。

〔註44〕（清）毛奇齡，偶存序〔M〕//毛西河先生全集・序・卷三十一，清嘉慶蕭山陸凝瑞堂刊本。

〔註45〕（清）宋犖，漫堂說詩〔M〕//（清）王夫之，清詩話，北京：中華書局，1978：417。

〔註46〕（清）葉燮，原詩〔M〕//（清）王夫之等撰，清詩話，上海：上海古籍出版社，1978：591。

流派。高者師法蘇黃，下乃效及楊廷秀之體，叫踶以為奇，俚鄙以為正。」〔註 47〕「臭腐」、「俚俗」、「俚鄙」這些都是強調學宋者在詩風上俗化的一面。相較而言，毛奇齡則反覆強調學宋者的俗化傾向，如《田子相詩賦合集序》：「若夫景運初開，詩當初盛，而流俗卑污方且競變為佻涼弇鄙之音。」〔註 48〕又如《劉櫟夫詩序》：「而間在舉中，猶且習氣未除，半趣弇鄙。」〔註 49〕再如《陸孝山詩集序》：「乃不學之徒厭常喜新，一變而為京師叫賣之音，村言市詞，動以褻嫚相往來。」〔註 50〕

　　文學發展的歷程曲折多變，詩歌發展到宋代，面對著唐詩山峰的巨大陰影，怎麼能夠有所突破，怎麼才能生發出新意才是宋詩人面臨的艱難命題。毛奇齡云：「生平凡即境，偶有感發，每欲道一語，必不得，唐人無不有。」〔註 51〕又云：「是世上見前凡人意所欲道者，唐人何一不道過？」〔註 52〕正是說明這種情況，宋詩以文為詩、以議論為詩未嘗不是一種創新的嘗試。而宋詩與唐詩相比，內容上世俗化傾向更為顯著。雖詩歌表現範圍有所擴大，其筆觸更多貼近日常生活，「用事當以故為新，以俗為雅」〔註 53〕，但詩歌蘊藉含蓄之意卻無法完全彰顯。毛奇齡正是看到了這一點，他把批判宋詩及宋詩風的俗化傾向

〔註 47〕　（清）朱彝尊，葉李二使君合刻詩序〔M〕//（清）朱彝尊，曝書亭集·卷第三十八·序，四部叢刊景清康熙本。

〔註 48〕　（清）毛奇齡，毛西河先生全集·序·卷十六〔M〕，清嘉慶蕭山陸凝瑞堂刊本。

〔註 49〕　（清）毛奇齡，毛西河先生全集·序·卷二十二〔M〕，清嘉慶蕭山陸凝瑞堂刊本。

〔註 50〕　（清）毛奇齡，毛西河先生全集·序·卷三十〔M〕，清嘉慶蕭山陸凝瑞堂刊本。

〔註 51〕　（清）毛奇齡，西河詩話〔M〕//張寅彭主編；吳忱、楊焄點校，清詩話三編，上海：上海古籍出版社，2014：835。

〔註 52〕　（清）毛奇齡，西河詩話〔M〕//張寅彭主編；吳忱、楊焄點校，清詩話三編，上海：上海古籍出版社，2014：835。

〔註 53〕　（宋）蘇軾，題柳子厚詩〔M〕//蘇軾文集·卷六十七，中華書局，1986：2120。

作為重要的對象。言下之意，宋詩無法在內容、題材上的豐富多樣性上與唐詩爭勝，更遑論學宋詩者之作品。毛奇齡云：「嘗集姚江朱氏園，有同席客，係甬上少年，盛稱禾中為宋詩者。是時方入門，即指其地曰：『假如即事詩，鮮有能道見前者，其人能之。』『綠草當門長似柴，中間留得一條街』，不依然此境乎？唐人籠統，焉能有此。」〔註54〕所謂「禾中為宋詩者」，應讖指提倡宋詩吳之振、呂留良之輩〔註55〕，毛奇齡借甬上少年之口說出宋詩風的流行及產生的弊病，內容、題材的俗化則是嚴重的問題。宋詩在內容與題材上與唐詩相比併無多少開拓性，「宋人能夠把唐人修築的道路延長了，疏鑿的河流加深了，可是不曾冒險開荒，沒有去發現新天地」〔註56〕。而唐詩顯然具有一種題材內容的廣泛性，如「宴會詩，其在小集，則有『竹徑春來掃，蘭罇夜不收』句」〔註57〕；如「里居往來、庭階蕭寂」之詩，則有「冷巷閉門無客到，暖簷移榻向陽眠」句〔註58〕；如「園林疏曠，幾闥悠然」之詩，則有「白練鳥飛深竹裏，朱絃琴在亂書中」句〔註59〕，這些唐詩所描摹內容的廣泛性與細膩性，並不是用籠統二字加以概括的，而這些詩在內容上與宋詩相比雅正的多。需要強調的是，毛奇齡批判的火力點還是集中在清初宋詩風的俗化傾向上，批判宋詩則是次要的，這是他的焦點所在。毛奇齡接著說道：「若只『草長如柴』、『一團茅草』，誦之污人口，寫之穢人筆，何苦為此。自無學者謂唐詩籠統，不知唐詩最刻

〔註54〕（清）毛奇齡，西河詩話〔M〕//張寅彭主編；吳忱、楊焄點校，清詩話三編，上海：上海古籍出版社，2014：834～835。

〔註55〕錢鍾書著，談藝錄〔M〕，北京：生活・讀書・新知三聯書店，2008：367。

〔註56〕錢鍾書著，宋詩選注〔M〕，北京：生活・讀書・新知三聯書店，2002：11。

〔註57〕（清）毛奇齡，西河詩話〔M〕//張寅彭主編；吳忱、楊焄點校，清詩話三編，上海：上海古籍出版社，2014：835。

〔註58〕（清）毛奇齡，西河詩話〔M〕//張寅彭主編；吳忱、楊焄點校，清詩話三編，上海：上海古籍出版社，2014：835。

〔註59〕（清）毛奇齡，西河詩話〔M〕//張寅彭主編；吳忱、楊焄點校，清詩話三編，上海：上海古籍出版社，2014：835。

畫，曾讀唐人試詩否？」〔註60〕「無學者」應該指的是上文所提到的
提倡宋詩者，這種說法這無異於對清初宋詩風的釜底抽薪。宋詩風效
法的對象在內容上不過「一團茅草亂蓬蓬」，清初宋詩風的流行自然不
會有好的影響。平心而論，宋詩及學宋之作在創新性自然與唐詩無法
比擬，但是把其稱之「一團茅草」則是極端化了，因為「宋代作者在詩
歌的『小結裹』方面有了很多發明和成功的嘗試，譬如某一個意思寫得
比唐人透澈，某一字眼或句法從唐人那裡來而比他們工穩」〔註61〕。

　　毛奇齡反覆強調學宋詩者的俗化傾向，其攻擊的力度是猛烈的，
「大率西河之論，重意氣，尚攻擊，其破壞之工為獨著」〔註62〕。雖
有矯枉過正之嫌，但對於學宋風氣不良習性也能起到某種抑制作用。
對宋詩風俗化的傾向，毛奇齡主張在內容上要以「雅」予以糾正，俗與
雅相對，對於效宋詩者俗化詩風的傾向，毛奇齡主張詩歌要「雅」。毛
奇齡說：「詩以雅見難，若裸私布薆，則狂夫能之矣；亦以涵蘊見難，
若反唇戛膊，則市牙能之矣；又以不著厓際見難，若搬楦頭，翻鍋底，
則呆兒能之矣。然則為宋時者亦何難、何能、何才技，而以此誇人，吾
不解也。」〔註63〕假如詩歌以「裸私布薆」、「反唇戛膊」、「搬楦頭，
翻鍋底」為能事的話，所寫的內容僅侷限於此的話，那就離詩歌的審美
理想還有很大的差距。按照毛奇齡看來，詩歌應該典雅蘊藉，言有盡而
意無窮，不著厓際為審美的追求目標，而學宋詩者卻反其道而行之，
這就找到了學宋詩者的俚鄙源頭所在。「求雅祛俗」的詩學主張，使得
毛氏強調「以學為詩，以學為文」，根植於經學，出自於詩三百風雅精
神，效法漢魏及三唐之詩法，對於俚鄙風氣予以摒棄。毛奇齡稱讚李紫

〔註60〕　（清）毛奇齡，西河詩話〔M〕//張寅彭主編；吳忱、楊焄點校，清詩
　　　　　話三編，上海：上海古籍出版社，2014：835～836。
〔註61〕　錢鍾書著，宋詩選注〔M〕，北京：生活・讀書・新知三聯書店，2002：
　　　　　11。
〔註62〕　朱東潤著，中國文學批評史大綱〔M〕，上海：上海古籍出版社，2001：
　　　　　302。
〔註63〕　（清）毛奇齡，西河詩話〔M〕//張寅彭主編；吳忱、楊焄點校，清詩
　　　　　話三編，上海：上海古籍出版社，2014：815。

翔之詩道：「紫翔以學為文，即以學為詩。溫柔敦厚，一本經術以出之，風雅翩翩，上追漢魏而下不失乎三唐之法。」〔註64〕李紫翔的詩歌以學為詩，避免了俗化的傾向，在「捨盛而趨衰」的風氣下，難能可貴，毛奇齡揭示其形成的原因：「天下惟雅須學，而俗不必學；惟典則須學，而鄙與弇不必學」〔註65〕。此外，針對學宋的弇鄙風氣，毛奇齡企圖借助政治的力量予以抑制，所謂「今天子好文，取天下為詩文者試之，昭示天下。而間在舉中，猶且習氣未除，半趣弇鄙，向非冊府大臣力持文教，申敕再四，幾不能使昌明張大之業行於開闢。」〔註66〕

二、毛奇齡晚年對唐、宋詩關係的反思

圍繞著宋詩在詩學史上地位及宋詩與唐詩的關係等問題，晚年的毛奇齡展開了理論思索，正像朱彝尊等人一樣，「對宋詩風氣的批評不能不引發對宋詩的價值重估和對宋詩與唐詩關係的深入思考」〔註67〕。毛奇齡的詩學主張有階段性的變化，對唐詩、對宋詩及宋詩風的觀點等前後都有所不同。從《越郡詩選》到《唐七律選》更多地體現了毛奇齡對唐詩觀點變化發展。而對待宋詩的觀點主要集中在《西河詩話》和一些詩序之中。對宋詩及宋詩風的觀點，以康熙十八年（1679）為界，毛奇齡在這之前，較少討論。此前他處於四處流亡階段，與詩風運會距離較遠。宋詩風影響的區域在之前還侷限在京師等地，還未擴散開來。而毛奇齡應召博學鴻儒科之後，來到京城，「吾鄉為詩者不數家，特地僻而風略，時習沿染，皆所不及，故其為詩者皆一以三唐為斷。而一入長安，反驚心於時之所為宋元詩者，以為長安首善之地，一時人文萃集，

〔註64〕（清）毛奇齡，東陽李紫翔詩集序〔M〕//毛西河先生全集・序・卷三十四，清嘉慶蕭山陸凝瑞堂刊本。
〔註65〕（清）毛奇齡，東陽李紫翔詩集序〔M〕//毛西河先生全集・序・卷三十四，清嘉慶蕭山陸凝瑞堂刊本。
〔註66〕（清）毛奇齡，劉櫟夫詩序〔M〕//毛西河先生全集・序・卷二十二，清嘉慶蕭山陸凝瑞堂刊本。
〔註67〕蔣寅，王漁洋與康熙詩壇〔M〕，北京：中國社會科學出版社，2001：35。

為國家啟教化，而流俗蠹壞，反至於此」〔註68〕。馮溥和施閏章等人因政治需要，鼓吹象徵開國休明之唐音，於是毛奇齡開始大張旗鼓地批判宋詩及宋詩風，上文所論及的批判內容大部分可以明證。然對宋詩在詩史上的地位及唐詩與宋詩的關係較少論及，到了晚年，毛奇齡對這些方面的觀點進行了調整。晚年的毛氏以肯定唐詩為前提，在一定程度上樹立起宋詩與唐詩並列的位置，最後還是把優秀的宋詩納入唐詩傳統。

　　在清初的宗宋詩風中，大多數提倡者是以肯定唐詩傳統為前提的。王漁洋對清初宋詩風有倡導之功，他曾說：「耳食紛紛說開寶，幾人眼見宋元詩？」漁洋對宋詩的提倡並不是以排斥唐詩為前提的，相反的是漁洋並未廢唐人尺度。對宋詩持堅定態度的汪懋麟對唐詩也多有肯定，毛奇齡云：「吳門汪編修即少保門下士，生平襲錢宗伯說，以宋詩為宗，其序少參詩，尚曰：『詩莫盛於唐，唐莫盛於開元、天寶之際，杜子美、李太白、王摩詰，其尤學者所師承也。胡子之詩，其殆宗太白、摩詰，而得其正者與？』則少參可知矣。」〔註69〕汪編修即汪懋麟，他與毛奇齡的「鵝鴨之辯」火星四射，奇齡有抬槓之嫌，卻不妨礙二人與詩壇風氣的緊密聯繫。在毛奇齡看來，連宋詩風氣的中堅力量都無法否定唐詩，那麼唐詩是源，宋詩是流，效法的對象還是溯源而上。具有宋詩傾向的葉燮也說：「詩始於三百篇，而規模體具於漢。自是而魏，而六朝、三唐歷宋、元、明以至昭代……但就一時而論，有盛必有衰；綜千古而論，則盛而必至於衰，要必自衰而復盛；非在前者之必居於盛，後者之必居於衰也。」〔註70〕葉氏主調停唐宋之論，詩歌是一個不斷發展變化的進程，其興衰沒有一定之論。因而，唐詩的傳統也是不能否認的，它是詩歌發展史上不可斷裂的鏈條。

〔註68〕（清）毛奇齡，何生洛仙遊集序〔M〕//毛西河先生全集・序・卷二十二，清嘉慶蕭山陸凝瑞堂刊本。

〔註69〕（清）毛奇齡，西河詩話〔M〕//張寅彭主編；吳忱、楊焄點校，清詩話三編，上海：上海古籍出版社，2014：820。

〔註70〕（清）葉燮，原詩〔M〕//（清）王夫之等撰，清詩話，上海：上海古籍出版社，1978：565。

毛奇齡和宗宋派有一點的是相同的：肯定唐詩傳統。不同的是，他們的出發點不同，晚年的毛奇齡堅持唐詩傳統前提下，宋詩具有一定地位。而宗宋派則是由堅持宋詩風氣而上溯到唐詩傳統。晚年的毛奇齡這樣說：「昔昭明選文，謂文有變本，不相仍襲。譬之椎輪為大輅所始，而大輅不必為推輪。增冰為積水所加，而增冰不必皆積水。審如是，則漢魏六季，升降甚懸，然猶不能存漢魏而去六季。而欲以三唐之詩一舉，夫宋金元五六百年之所作而盡去之，豈理也哉？夫唐之必為宋金元者，水之為冰也。然而猶為唐，則冰之仍可為水也。宋金元之大異於唐者，鉛之為丹也。然而不必為唐者，丹即不為鉛而亦未嘗非鉛也。曩時嘉隆間論詩太嚴，過於傾宋元而竟至於亡宋元。夫宋元必不能亡，而欲亡宋元，遂致竟陵公安競相纂處，勢不至於傾唐不止。今之為宋元之說者，過於重宋元而抑明，夫明必不可抑而過於抑明而重宋元，其勢亦不至於傾宋元不止。」〔註71〕毛奇齡認為文學作品發展歷程有一個日新代異、沿革因變的過程。宋金元詩史發展五六百年，不能一筆勾銷。毛奇齡這裡有意給宋詩一定的詩史地位，在一定程度上樹立起宋詩與唐詩並列的位置。前後七子過於貶抑宋元詩，造成宋元詩束之高閣，視若寇讎。而公安派袁宏道等認識到七子派的學漢魏、學唐剽竊模擬之弊病，有矯枉過正之嫌，所謂「勢不至於傾唐不止」。到了清初，錢謙益等人對明嘉靖間的模擬剽竊之習進行反思，加之其他因素的影響，開始提倡宋元詩，貶抑明詩，「其勢亦不至於傾宋元不止」。

康熙四十一年（1702），毛奇齡完成編訂《唐七律選》，他在序言中也說：「且夫沿變所時有也，漢魏無《三百》，晉後六代無漢魏樂詞，唐人無六代俳比古詩。而欲今之為詩者必墨守三唐為金科，一何不達……而特是隨時遷轉，勢所必至。春之不能不夏，猶之初盛之不能不

〔註71〕（清）毛奇齡，王舍人選刻宋元詩序〔M〕//毛西河先生全集・序・卷二十二，清嘉慶蕭山陸凝瑞堂刊本。

中晚，三唐之不能不宋元明也。」〔註72〕詩歌發展有其自身的規律，每個時代詩歌的題材、藝術風格、詩體樣式都有所不同，因而也沒有必要嚴守三唐詩金科玉。上述材料也證明，毛奇齡試圖從詩歌發展的角度來給予宋詩文學史的地位，其原因是「全盤否定是辦不到的，只會帶來嚴重的惡果。明七子殷鑒不遠。要維護唐詩的地位，就必須同時給宋、金、元詩以一定的歷史地位才行。毛奇齡晚年盛氣消歇，已能夠比較心平氣和地看問題，並對以前『持論太峻』(《沈方舟詩集序》)的毛病有所糾正。」〔註73〕

　　毛奇齡借唐詩傳統來推揚宋詩還在於他試圖從宋詩內部分離出宋詩的源流所在，從而把優秀的宋元詩人和詩作納入唐詩傳統之中。從源流上講，「是以宋襲長慶，元襲大曆，嘉、隆襲開、寶」，而「彼不讀書者，每稱吾為宋元，不為三唐，則蘇、陸、虞、趙、高、楊、張、徐，原深論唐詩，極為趨步，其言不足道。」〔註74〕不讀書者應為清初宋詩風的提倡者，他們忽略了一點就是宋元詩人大都從唐詩汲取營養，而忽略了源頭就會失去方向。優秀的宋元詩人和詩作之所以成功，都是因其詩歌與唐詩有割不斷的血脈。毛奇齡因此說：「今無論宋時詩人，如《渭南》、《滄浪》、《眉山》、《涪川》諸集，其見諸編者，去唐未遠，而即取金元之在選者而試誦之，夫不見虛中、好問之近韓、韋，師拓、麻革之近郊、島，趙承旨、虞學士之近錢、劉，鮮于機、薩都剌之近溫、李，揭奚斯、太不花之近張籍、王建，乃賢、郭奎、張憲、兀顏子敬之近方羅、近滄渾哉。」〔註75〕毛奇齡認為宋詩作者如蘇軾、黃庭堅、陸游、嚴羽去唐未遠，他們的詩歌不乏唐詩的因子，而元詩雖然於唐詩

〔註72〕　（清）毛奇齡，唐七律選序〔M〕//毛西河先生全集·序·卷三十，清嘉慶蕭山陸凝瑞堂刊本。

〔註73〕　趙永紀著，清初詩歌〔M〕，北京：光明日報出版社，1993：64。

〔註74〕　（清）毛奇齡，唐七律選序〔M〕//毛西河先生全集·序·卷三十，清嘉慶蕭山陸凝瑞堂刊本。

〔註75〕　（清）毛奇齡，王舍人選刻宋元詩序〔M〕//毛西河先生全集·序·卷二十二，清嘉慶蕭山陸凝瑞堂刊本。

隔了一個宋詩，但是元代詩人卻仍舊學習唐詩，宇文虛中、元好問等所取法的對象仍舊是唐代詩歌聖手。從這一層面上講，毛奇齡在強調宋元詩與唐詩的聯繫，也使得優秀的宋元詩人及詩作佔有了一席之位。這與他早期的詩論極力泯滅宋詩的地位有所不同，這是晚年的他對自己的詩學做出的調整。

三、毛奇齡對清初宋詩風的成因揭示

　　毛奇齡對於宋詩及學宋詩者的特點進行了批判與反思，那麼清初宋詩流行的原因是什麼？首先，毛奇齡認為宋詩風氣的流行，源於錢謙益的大力揄揚。毛奇齡不止一次提到錢氏挖揚宋詩風氣，如毛奇齡說：「推其故，大抵皆惑于虞山錢氏之說，揚宋而抑明，進韓、盧而却李、杜。」〔註76〕《盛元白詩序》云：「今海內宗虞山教言，于南渡推放翁，于明推天池生。雖皆張越軍，爭雄海邦，而要之三唐之步，仍却而不前。」〔註77〕《沈方舟詩集序》云：「而既而于役海內，則時局大變，陰襲虞山宗伯之指，返唐為宋，而陽餙之以元和長慶之體。」〔註78〕要之，毛奇齡認為錢謙益推揚宋詩，對清初宋詩風氣產生了決定性的影響，一方面錢氏推揚宋詩有厭常喜新，矯正七子派圓熟之弊的緣故，另一方面錢氏張揚宋詩，於南宋推陸游，於明推徐渭，皆有借詩壇風會推崇越州鄉賢之意。

　　蔣寅認為宋詩風氣是在漁洋的煽動之下而興起的，而虞山確實提倡過宋詩，但是他去世太早，康熙朝的宋詩風氣與虞山沒有直接的關係〔註79〕。這就產生了問題，毛奇齡對批判虞山引領宋詩風氣是否過

〔註76〕（清）毛奇齡，蒼崖詩序〔M〕//毛西河先生全集·序·卷十一，清嘉慶蕭山陸凝瑞堂刊本。

〔註77〕（清）毛奇齡，盛元白詩序〔M〕//毛西河先生全集·序·卷二十八，清嘉慶蕭山陸凝瑞堂刊本。

〔註78〕（清）毛奇齡，沈方舟詩序〔M〕//毛西河先生全集·序·卷二十八，清嘉慶蕭山陸凝瑞堂刊本。

〔註79〕蔣寅著，王漁洋與康熙詩壇〔M〕，北京：中國社會科學出版社，2001：28。

當？毛奇齡對於錢謙益絕無好感，除了把宋詩風氣的興起歸罪於錢氏，且在《西河詩話》中對錢謙益老態龍鍾之態採取了冷嘲熱諷的口吻。毛氏大張旗鼓地批判錢氏，應有學術立場和性格意氣的緣由。而宋詩風氣的大力倡導者是王漁洋，毛氏為什麼不把批判的矛頭指向王漁洋？檢《毛西河先生全集》及王士禎著作，毛奇齡與王士禎的交集不多，他們直接就宋詩風氣進行爭論片段無法找到。毛氏寫過《王阮亭詩集弁首》，此弁首應寫於康熙十年（1671）之前，此時宋詩風氣還未全面流行。毛奇齡在對宋詩風氣批判時，特別是康熙博學鴻儒科開徵之後，他踏入「長安」，發現京城的詩風已經彌漫著宋詩的氣息。所謂「一入長安，反驚心於時之所為宋元詩者」〔註80〕，所謂「前此入史館時，值長安詞客高談宋詩之際」〔註81〕，這裡所提到的「長安詞客」應就包含王士禎、呂留良、吳之振、吳自牧、汪懋麟等主張宋詩者。毛氏在《默堂詩鈔序》中云：「嘗謂浙詩頓降，始於康熙甲乙間。」〔註82〕「浙詩頓降」指的是在錢謙益引領宋詩風氣之下，吳之振、吳自牧等人倡導宋詩所造成的詩學影響，其指向仍舊是錢謙益。

其次，宋詩呈現出一種俗陋鄙弇與裸裎袒裼的風貌，此特點便於不學之人模擬沿襲，毛奇齡曾感歎：「當世有文人而無學人，而今則並文人亦無之。」〔註83〕毛奇齡認為清初無學人、無文人的狀況造成了詩家趨向於有俗化傾向的宋詩，因為「天下惟雅須學，而俗不必學；惟典則須學，而鄙與弇不必學；惟高其萬步，擴其耳目，出入乎黃鐘大呂之音須學，而裸裎袒裼，蚓呻而金戛即不必學。則是今之為宋人詩者，

〔註80〕 （清）毛奇齡，何生洛仙遊集序〔M〕//毛西河先生全集‧序‧卷二十二，清嘉慶蕭山陸凝瑞堂刊本。

〔註81〕 （清）毛奇齡，唐七律選序〔M〕//毛西河先生全集‧序‧卷三十，清嘉慶蕭山陸凝瑞堂刊本。

〔註82〕 （清）毛奇齡，默堂詩鈔序〔M〕//毛西河先生全集‧序‧卷二十，清嘉慶蕭山陸凝瑞堂刊本。

〔註83〕 （清）毛奇齡，東陽杜雍玉詩序〔M〕//毛西河先生全集‧序‧卷二十九，清嘉慶蕭山陸凝瑞堂刊本。

不過藉文人之名，以自掩其不學之實，非有他也。」〔註84〕同樣，毛氏在《東陽杜雍玉詩序》中也說：「夫詩之升降非一日矣，漢魏不作，降而三唐。既而漸降為宋元，每況愈下。而世爭趨之，何也？以其便於不學也。初尚謂詩有別情，非關學力。而今翻以學為累，曰抒情而已，致使市肆袒裸，爭相斷斷。」〔註85〕不學之人以宋詩風氣俗陋鄙弇之習易高文典冊、典雅厚重，以此自掩其劣。

從宋詩自身的角度，一般認為，宋人學富，而宋詩以文字為詩，以才學為詩，以議論為詩，以典故入詩。這正是嚴羽批評宋詩處，認為宋人學問妨礙詩歌。而從學術上講，毛奇齡反對宋學，卻一再強調宋人無學，對朱子尤為批判，認為「《四書》無一不錯」，所謂「人錯、天類錯、地類錯、物類錯、官師錯、朝廟錯、邑里錯、宮室錯……」〔註86〕。在詩歌音韻上，宋人無學的表現也較為顯著，毛奇齡說：「予向聞汪舟次觀察謂杜甫詩：『夜投石壕村，有吏夜捉人。老翁逾牆走，老婦出門看。』『看』不是韻，然四句無韻，又非體。錢牧齋家藏杜集宋板，原本是『守』字，『村』與『人』韻，『守』與『走』韻，何等明快。予嘗歎宋人無學，又強解事，致工部佳句改刻將千年，幾致蔑沒。」〔註87〕且不論毛氏此說的合理性，其一再強調宋人無學卻是不遺餘力。關鍵問題在於，毛奇齡是否認為宋人無學是否導致了宋詩無學？若是，清初宋詩風的無學之態是否繼承了宋詩無學的特徵？宋詩風的流行是否與這種繼承有關？雖毛奇齡沒有直接論證以上關係，但毛氏的相關論述確實給了肯定的答案。毛奇齡說：「今人好宋詩而皆不能記蘇、黃、楊、陸，掩卷茫然，予嘗取千家詩示之曰：『一團茅草亂蓬蓬』，此宋詩

〔註84〕　（清）毛奇齡，東陽李紫翔詩集序〔M〕//毛西河先生全集・序・卷三十四，清嘉慶蕭山陸凝瑞堂刊本。

〔註85〕　（清）毛奇齡，東陽杜雍玉詩序〔M〕//毛西河先生全集・序・卷二十九，清嘉慶蕭山陸凝瑞堂刊本。

〔註86〕　（清）毛奇齡，四書改錯・卷一〔M〕，清嘉慶十六年金孝柏學圃刻本。

〔註87〕　（清）毛奇齡，西河詩話〔M〕//張寅彭主編；吳忱，楊焄點校，清詩話三編，上海：上海古籍出版社，2014：849。

也。」〔註88〕這種說法實際上就是認為宋詩「掩卷茫然」就是宋人無學造成的，上文論及宋詩的俗化傾向時，對這種「亂蓬蓬」的宋詩及宋詩風氣，毛奇齡主張以學為文、以學為詩加以糾正，就是最好的證明，上述論證實際也已證明宋詩風的流行和這種無學的特質有著必然的聯繫。需指出的是，毛奇齡此看法並不符合歷史的實際，宋人以學為詩，呈現出明顯的主體精神傾向，自嚴羽的「以才學為詩」的批判以來，大多數還是認為宋詩的學問化傾向明顯。另外，毛奇齡強調宋詩風氣的俗化傾向，其實也和宋人學問沒有必然的聯繫，主要還是宋詩開拓的範圍擴大了，題材與內容也得以擴展了。

最後，毛奇齡認為宋詩風氣的流行也和詩學發展的歷程有關。毛奇齡強調詩歌發展的「遷變」，這是這種「遷變」成就了宋詩風氣的流行。毛奇齡不止一次地說「遷變」：「世尚遷變，向之舍唐而為宋、為南渡者，今復改而為元、為初明」〔註89〕，「今距三十年，海內為詩家又加于昔，而變易百出，復有竄而之宋元者」〔註90〕。而有些詩人不為這種「遷變」所動，值得稱頌：「既歷諸遷變之時而不為所動，閱江河之下而傲然得以自立」〔註91〕，「奐庭自行其志，不以習俗為變遷」〔註92〕。這種「遷變」的發生有一定的心理動機因素：詩人們的厭常喜新，性喜尖新的習性助長了這種風氣。所謂「不學之徒厭常喜新」〔註93〕，「（錢謙益）其說有三：一則厭常而喜新也，一則好矯異

〔註88〕　（清）毛奇齡，沈瑤岑集千家詩序〔M〕//毛西河先生全集・序・卷二十八，清嘉慶蕭山陸凝瑞堂刊本。

〔註89〕　（清）毛奇齡，唐七律選序〔M〕//毛西河先生全集・序・卷三十，清嘉慶蕭山陸凝瑞堂刊本。

〔註90〕　（清）毛奇齡，張濟民詩序〔M〕//毛西河先生全集・序・卷二十二，清嘉慶蕭山陸凝瑞堂刊本。

〔註91〕　（清）毛奇齡，偶存序〔M〕//毛西河先生全集・序・卷三十一，清嘉慶蕭山陸凝瑞堂刊本。

〔註92〕　（清）毛奇齡，胡奐庭紉茞集序〔M〕//毛西河先生全集・序・卷三十一，清嘉慶蕭山陸凝瑞堂刊本。

〔註93〕　（清）毛奇齡，陸孝山詩集序〔M〕//毛西河先生全集・序・卷三十，清嘉慶蕭山陸凝瑞堂刊本。

以騁絕俗也，一則有歉乎其正，而于正不足，庶幾于變有餘也」〔註94〕。毛奇齡對於這種「遷變」的路徑如此論述：「夫詩文自漢魏以還，代有流轉，然並無畸衺之習竄處其間。而今則啟、禎至今，凡為數變，始流于竟陵，而今則漸欲以南渡卑薾上拒漢唐。」〔註95〕詩歌發展的路徑在竟陵之前屬於正常化軌跡，而到了竟陵則屬於「變調」。到了宋詩風氣流行則更屬「變調」。平心而論，宋詩風氣的發生，當有詩學發展的自身規律。前後七子提倡唐音，剽竊模擬，弊病橫生。公安竟陵起而矯之，而纖佻之弊泛濫。清初諸家，用宋詩矯明諸家之弊，宋詩之風流行海內，清初宗宋派也會出現弊病，這就是詩學發展過程中的「變」和「復」的問題。毛奇齡卻以為這種遷變中的宋詩風氣屬於衰落部分，有其時代侷限。但毛氏看問題的角度就是從詩學發展的高度加以透視，自有一定的理論深度。

第三節　從《越郡詩選》到《唐七律選》：毛奇齡的唐詩觀

　　毛奇齡的唐詩觀主要集中在其著作《唐七律選》、《西河詩話》、《越郡詩選》、《毛西河評選唐人試帖》等，另其唐詩觀也散見於《西河合集》的序、跋、弁首、題詞之中。作為唐宋詩之爭的產物《唐七律選》最集中地反映毛奇齡的唐詩觀，因而我們主要是圍繞著《唐七律選》，並參照其他文獻，來討論毛奇齡在唐宋詩之爭的唐詩觀。早年的毛奇齡，其唐詩學觀點主要集中在《越郡詩選》，因而我們討論其唐宋詩之爭的唐詩觀，會把毛奇齡早年詩學主張作為參照系，力求較為全面探討這一問題。

〔註94〕　（清）毛奇齡，盛元白詩序〔M〕//毛西河先生全集·序·卷二十八，清嘉慶蕭山陸凝瑞堂刊本。
〔註95〕　（清）毛奇齡，俞可庵文集序〔M〕//毛西河先生全集·序·卷十七，清嘉慶蕭山陸凝瑞堂刊本。

一、《越郡詩選》與毛奇齡早年唐詩觀

　　毛奇齡云：「予幼時頗喜為異人之詩，既而華亭陳先生司李吾郡，則嘗以二雅正變之說為之論辨，以為正可為而變不可為。而及其既也，則翕然而群歸於正者且三十年。今其變又伊始矣。」〔註96〕所謂「二雅正變之說為之論辨，以為正可為而變不可為」，《毛詩序》有云：「至于王道衰，禮義廢，政教失，國異政，家殊俗，而變風、變雅作矣。」〔註97〕當國家興盛之時，詩歌呈現出一種溫柔敦厚、中正和平的風貌；當國家衰敗之時，閔時傷懷、志微噍殺之音成為詩人創作的主要特徵，所謂「變風、變雅作矣」。按照儒家詩學理論，明末正處於內憂外患之際，此時變風變雅當作，而陳子龍這時卻力求以正風、正雅挽救走向傾頹的明王朝，這一點在其《宋尚木詩稿序》顯示的非常清晰，陳子龍提倡變風、變雅歸於正風、正雅。陳子龍是在崇禎十三年（1640）到任紹興的。而下文提到經過三十年，詩風產生了新的變化，而《宋詩鈔》的刊刻是在康熙十年（1671），時間點正好吻合。因而我們藉以得知毛奇齡的少年學詩的變化時間點。陳子龍司禮紹興之後，毛奇齡對待詩歌基本問題的態度，我們可以從《越郡詩選》裏可以看出一些動機端倪。《越郡詩選》成書時間當為甲申鼎革之際，《越郡詩選例》云：「時丁喪亂，心念存歿，十年內外，遺編頗多。」〔註98〕逗露其產生的時代。可以這樣說，《越郡詩選》的編輯動機是在陳子龍司李紹興之後，毛奇齡等人受到了陳子龍影響下得到激發下產生的詩歌選本。毛奇齡等人一再強調要詩歌審美理想歸於「正」，這正是與陳子龍強調的二雅正變之辨，「群歸於正者」相呼應。我們在黃運泰、毛奇齡共同撰寫的《越郡詩選例》看到這樣的話：「越人以節義表見，其於辭章，不甚簡討，故

〔註96〕　（清）毛奇齡，蒼崖詩序〔M〕//毛西河先生全集・序・卷十一，清嘉慶蕭山陸凝瑞堂刊本。

〔註97〕　（漢）毛亨傳；（漢）鄭玄箋；（唐）孔穎達疏，毛詩注疏〔M〕//十三經注疏2，臺北：藝文印書館，2007：16。

〔註98〕　（清）黃運泰；（清）毛奇齡，越郡詩選例〔M〕//黃運泰、毛奇齡，越郡詩選，上海圖書館藏清刻本。

為詩旨趨各異。元聲浸衰，然立言雖渺，正變攸繫，茲選一起頹施，悉歸正雅」，「禹陵詩派，自文長後，悉輒弇猾，紹起正緒，端賴吾黨」，「然正聲未振，唱酬寡焉」〔註99〕。

毛奇齡的「正」在《越郡詩選》裏的概括起來體現在以下方面：毛奇齡承續陳子龍格調派的詩學審美主張，大體沿著前後七子的詩歌審美路徑。一方面毛奇齡結合地域詩作的特點對唐詩的審美特性和風格的闡釋，遵循格調派詩歌審美標尺，對具有代表性的唐詩人不同風格進行總結，確認唐詩尤其是初、盛唐詩的審美特徵具有一種理想示範作用。在《越郡詩選》裏，毛奇齡反覆強調詩歌的「格調」，如評價何之梧五言律詩《題仲叔聽松樓》時云：「格致最清。」〔註100〕，如評價沈夢錦五言律詩《與友人飲荒園次韻》時云：「格致清壯，三四句更蒼朗。」〔註101〕再如評價金廷韶七言律詩《金華》時云：「風格高勁，所謂氣至而調成者。」〔註102〕在毛奇齡看來，得格調之正者非初、盛唐詩莫屬，雖其承認中晚唐詩「中晚絕句，有勝初唐者」〔註103〕，但更多的是毛奇齡認為初、盛唐詩在格調上的典範意義，如在評價沈華詩云：衹臣兄弟時具有開寶間格意。」〔註104〕在評價朱鎬《從軍南征》詩云：「勁渾之氣是神龍後格調。」〔註105〕

〔註99〕 （清）黃運泰；（清）毛奇齡，越郡詩選例〔M〕//黃運泰、毛奇齡，越郡詩選，上海圖書館藏清刻本。

〔註100〕 （清）黃運泰；（清）毛奇齡，越郡詩選·卷五〔M〕，上海圖書館藏清刻本。

〔註101〕 （清）黃運泰；（清）毛奇齡，越郡詩選·卷五〔M〕，上海圖書館藏清刻本。

〔註102〕 （清）黃運泰；（清）毛奇齡，越郡詩選·卷六〔M〕，上海圖書館藏清刻本。

〔註103〕 （清）黃運泰；（清）毛奇齡，越郡詩選·卷八〔M〕，上海圖書館藏清刻本。

〔註104〕 （清）黃運泰；（清）毛奇齡，越郡詩選·卷五〔M〕，上海圖書館藏清刻本。

〔註105〕 （清）黃運泰；（清）毛奇齡，越郡詩選·卷五〔M〕，上海圖書館藏清刻本。

　　毛奇齡對於盛唐代表詩人李白、杜甫予以極高的評價，所謂「幾似太白，以沉著自異」〔註106〕，所謂「樂府古調似子建，近調似太白」〔註107〕，所謂「一意數折。然無折不出深情，健筆少陵合作」〔註108〕，所謂「俊於少陵，渾於常侍」〔註109〕，所謂「體似少陵，辭似次山，旨似長慶，從唐人別構一體」〔註110〕。

　　對於稍涉中晚唐詩風格的作品，毛奇齡甚至為之辯護，認為「伯調律無方體，要多似嘉州，間有入中晚唐處，俱是旁及。」〔註111〕認為其詩主體是盛唐格調，所謂「精工偉麗，全乎盛唐」。即使有的詩涉及中晚之調，也是「稍涉中晚，秀色自異」〔註112〕

　　此外，毛奇齡由唐詩上溯之魏晉南北朝詩，對於「六朝體」詩歌給予肯定，明顯承續陳子龍的詩學觀點，認為「建安體」、「六朝體」也是效法的對象。體現上述觀點的例子在《越郡詩選》裏比比皆是，毛奇齡在《越郡詩選》中嘗試概括魏晉詩的風格特徵，如毛奇齡評價王豐《歸鳥》:「音旨蕭寥，在子荊子諒之間。」〔註113〕，子荊是西晉詩人孫楚的字，子諒則是東晉詩人盧諶的字，兩者風格不同，但在氣韻生動、沉雄方面卻有相似處。毛奇齡對王豐的評價，顯然對於孫楚、盧諶

〔註106〕　（清）黃運泰；（清）毛奇齡，越郡詩選‧卷二〔M〕，上海圖書館藏清刻本。

〔註107〕　（清）黃運泰；（清）毛奇齡，越郡詩選‧卷二〔M〕，上海圖書館藏清刻本。

〔註108〕　（清）黃運泰；（清）毛奇齡，越郡詩選‧卷五〔M〕，上海圖書館藏清刻本。

〔註109〕　（清）黃運泰；（清）毛奇齡，越郡詩選‧卷五〔M〕，上海圖書館藏清刻本。

〔註110〕　（清）黃運泰；（清）毛奇齡，越郡詩選‧卷三〔M〕，上海圖書館藏清刻本。

〔註111〕　（清）黃運泰；（清）毛奇齡，越郡詩選‧卷六〔M〕，上海圖書館藏清刻本。

〔註112〕　（清）黃運泰；（清）毛奇齡，越郡詩選‧卷六〔M〕，上海圖書館藏清刻本。

〔註113〕　（清）黃運泰；（清）毛奇齡，越郡詩選‧卷一〔M〕，上海圖書館藏清刻本。

的詩歌風格的肯定。再如評價朱氏稚《北門行》：「風格本十九首，其高爽之氣，前則明遠，後亦太白。」〔註114〕再如評價董匡《白馬篇》：「沉雄激壯，自是建安本色。」〔註115〕概而言之，毛奇齡對於魏晉南北朝詩體的格調予以總結，強調「建安本色」，強調「純乎漢制」〔註116〕，對於一些漢魏間的詩人的評價也代表毛奇齡的審美趣味，比如對於蘇李、曹操、王粲、謝靈運、謝朓、梁簡文帝的評價。

最後需要注意的是，毛奇齡遵循陳子龍二雅正變之說，崇尚正風與正雅，接三百篇之遺意。如評價來蕃《端居》：「村田摯性，寫得惋痛，國風遺音。」〔註117〕如評價祁德茝《賦得紉針脆故絲》：「結歸正雅，是古法。」〔註118〕如評祁班孫《折楊柳》：「思涵而響遠，獨得正格。」〔註119〕以上所舉例子是毛奇齡對於地方詩人的大致評價，可以看出毛奇齡所秉持的詩歌審美理念，這是《越郡詩選》詩論較為重要的部分，也是需要深入探討的地方。

二、《唐七律選》與毛奇齡晚年唐詩觀

關於《唐七律選》的編選動機，毛奇齡說：「前此入史館時，值長安詞客高談宋詩之際。宣城侍讀施君與揚州汪主事論詩不合，自選唐人長句律一百首，以示指趨，題曰館選……既而侍讀死，其手寫選本，同邑高檢討受而藏之，增入百餘首，仍曰館選……康熙廿五年，予請急

〔註114〕（清）黃運泰；（清）毛奇齡，越郡詩選·卷三〔M〕，上海圖書館藏清刻本。

〔註115〕（清）黃運泰；（清）毛奇齡，越郡詩選·卷三〔M〕，上海圖書館藏清刻本。

〔註116〕（清）黃運泰；（清）毛奇齡，越郡詩選·卷二〔M〕，上海圖書館藏清刻本。

〔註117〕（清）黃運泰；（清）毛奇齡，越郡詩選·卷三〔M〕，上海圖書館藏清刻本。

〔註118〕（清）黃運泰；（清）毛奇齡，越郡詩選·卷三〔M〕，上海圖書館藏清刻本。

〔註119〕（清）黃運泰；（清）毛奇齡，越郡詩選·卷八〔M〕，上海圖書館藏清刻本。

南歸，將選古今文，作《還町雜錄》。檢討瀕行，寫一本授予，曰：『此侍讀志也』。」〔註120〕毛奇齡編選《唐七律選》有承續施閏章未竟事業之意。另外唐詩詩律具有示範的典範性：「夫事有由始，詩律始於唐而流於宋元，則尋流溯源，將必選唐律以定指趨。」〔註121〕當然還有一個很重要的動機則是：「宋襲長慶，元襲大曆，嘉隆襲開寶，皆欲遞反舊習而自趨流弊，翻就污下，彼不讀書者，每稱吾為宋元，不為三唐，則蘇、陸、虞、趙、高、楊、張、徐原深論唐詩，極為趨步，其言不足道，而即矯枉之徒必欲張元白宋元以表宋元，揚王杜以祖何李，皆不必然之事也。」〔註122〕要之，毛奇齡的《唐七律選》的編選具有很強的現實性，主要是針對學宋元詩的風氣而展開的，蔣寅云：「以對宋詩的瞭解論，毛奇齡也未必高於吳喬多少，但他聰明的是不批評宋詩本身，而是直接將矛頭對準歷來學宋元詩者，這就避免了盲目指責和耳食字詞。」〔註123〕前文我們針對毛奇齡的反宋詩理論做了一定的梳理，是毛奇齡詩學理論上的「破」，而在《唐七律選》中，毛奇齡主要的工作則是「立」，就是樹立唐詩尤其是盛唐詩的典範性地位，以作為仿傚的榜樣。

　　首先，從詩學發展的歷程來看，明高棅《唐詩品匯》把唐詩分為初、盛、中、晚四個階段〔註124〕，並按照時期和體裁區分為正始、正

〔註120〕（清）毛奇齡，唐七律選序〔M〕//毛西河先生全集·序·卷三十，清嘉慶蕭山陸凝瑞堂刊本。

〔註121〕（清）毛奇齡，唐七律選序〔M〕//毛西河先生全集·序·卷三十，清嘉慶蕭山陸凝瑞堂刊本。

〔註122〕（清）毛奇齡，唐七律選序〔M〕//毛西河先生全集·序·卷三十，清嘉慶蕭山陸凝瑞堂刊本。

〔註123〕蔣寅著，清代詩學史·第1卷〔M〕，北京：中國社會科學出版社，2012：551。

〔註124〕高棅是這樣概括這四個時期的：「略而言之，則有初唐、盛唐、中唐、晚唐之不同。詳而分之，貞觀、永徽之時，虞、魏諸公，稍離舊習，王、楊、盧、駱，因加美麗，劉希夷有閨帷之作，上官儀有婉媚之體，此初唐之始制也；神龍以還，洎開元初，陳子昂古風雅正，李巨山文章宿老，沈、宋之新聲，蘇、張之大手筆，此初唐之漸盛也；開元、

宗、大家、名家、羽翼、接武、正變、餘響、旁流等九格〔註125〕。毛奇齡晚年應該認同高氏唐詩階段的四分法，具體而言，毛奇齡對於初、盛唐詩較為肯定，對於中、晚唐詩則持有批評的態度，但又不能一概而論。毛奇齡在《唐七律選序》中云：「嘗校唐七律，原有升降。其在神、景，大抵鋪練嚴謐，偶儷精切。而開、寶以後，即故為壯浪跳擲，每擺脫拘管以變之，然而聲勢虛擴，或所不免。因之上元、大曆之際，更為修染之習，改鉅為細，改廓為瘠，改豪蕩而為瑣屑。而元和、長慶，則又去彼餙結，易以通俋，却壇坫揖遜，而轉為里巷俳諧之態。雖吟寫性情，流連光景，三唐並同，而其形橅之不齊，有如是也。」〔註126〕神景為唐中宗李顯的年號，即神龍、景龍，按照四個階段的劃分，這是初唐階段。這個階段的唐詩尤其是七律處於初創階段，唐詩人篳路藍縷，一往費力。在音律上有沈宋之研練精切，在屬對上有上官儀之偶儷藻飾，在句法上有杜審言之高華雄整。而到了開元、天寶盛唐時期，則是唐七律的成熟階段，「壯浪跳擲」，曲盡變化之妙，所謂無斧削之跡，無鑢磨鍛鍊之工，有的只是一片神行自然，有的只是治金削石般的暢達無礙，儘管因此帶來了「聲勢虛擴」的弊病。到了肅宗、代宗的上元、大曆年間，七律詩體取材趨窄，所謂「改

天寶間，則有李翰林之飄逸，杜工部之沉鬱，孟襄陽之清雅，王右丞之精緻，儲光羲之真率，王昌齡之聲俊，高適、岑參之悲壯，李頎、常建之超凡，此盛唐之盛者也；大曆、貞元中，則有韋蘇州之雅澹，劉隨州之閒曠，錢、郎之清贍，皇甫之衝秀，秦公緒之山林，李從一之臺閣，此中唐之再盛也；下暨元和之際，則有柳愚溪之超然復古，韓昌黎之博大其詞，張、王樂府，得其故實，元、白序事，務在分明，與夫李賀、盧仝之鬼怪，孟郊、賈島之飢寒，此晚唐之變也；降而開成以後，則有杜牧之之豪縱，溫飛卿之綺靡，李義山之隱僻，許用晦之偶對，他若劉滄、馬戴、李頻、李群玉輩，尚能黽勉氣格，將邁時流，此晚唐變態之極，而遺風餘韻，猶有存者焉。」（高棅《唐詩品匯總敘》，上海古籍出版社1988年版，第8~9頁。）

〔註125〕 （明）高棅，唐詩品匯〔M〕，上海：上海古籍出版社，1988。

〔註126〕 （清）毛奇齡，唐七律選序〔M〕//毛西河先生全集·序·卷三十，清嘉慶蕭山陸凝瑞堂刊本。

巨為細」，詩歌風格由情景激蕩、廓大高壯轉變為纖悉瑣屑、瘠義肥辭。到了憲宗、穆宗的元和、長慶年間，七律詩風更變為通脫簡易、「里巷俳諧之態」。這是毛奇齡對於四個時期七律詩風衍變的整體性描述。雖然這裡是討論的是七律，卻也代表著對於初、盛、中、晚唐詩四個階段的不同風格的概括性評價。

在這一主張的指引之下，毛奇齡對於初盛唐詩較為肯定，而對於中晚唐詩則持較為否定的態度。在《唐七律選》中毛奇齡對於盛唐詩人予以高度評價，從各詩人的選詩數量上就能看出其傾向性。《唐七律選》選杜甫詩最多，共三十四首。毛氏云：「少陵律，多不勝收，如搜木于鄧林，販繒于江市，何所不有。不特三唐無此人，即唐以後幾見有如少陵者。此第偶錄其可為法者，非謂其盡於此也。」〔註127〕毛氏認為杜甫之律應該成為後世詩人取法的對象，其詩歌史崇高的地位而是無人能夠取而代之的。與中唐白居易、劉禹錫詩歌的熟滑相比，其詩歌層次明顯高出了一層。毛氏在評價杜甫《至日遣興奉寄北省舊閣老兩院故人》其一中說：「追憶告語如訴。且于敘事擄意中，不廢壯浪跳擲之氣，與劉白熟滑調，相去何等。」〔註128〕格調不同，境界自然會有差別。杜甫《閣夜》詩三四聯：「五更鼓角聲悲壯，三峽星河影動搖。」兩句的境界自然高人一等，毛氏對此云：「杜詩《閣夜》作，『三峽星河』兩句在夜起時，常有此境，然並鮮道及。亦以寫境須高筆。假以卑詞出之，雖境甚明了，而誦之索然。是以劉、白、張、王諸集，必無此句，非不遇此境也。」〔註129〕高超的詩人如杜甫在詩

〔註127〕（清）毛奇齡，唐七律選‧卷二〔M〕//暨南大學圖書館編，中國古籍珍本叢刊‧暨南大學圖書館卷‧28，北京：國家圖書館出版社，2018：205。

〔註128〕（清）毛奇齡，唐七律選‧卷二〔M〕//暨南大學圖書館編，中國古籍珍本叢刊‧暨南大學圖書館卷‧28，北京：國家圖書館出版社，2018：206。

〔註129〕（清）毛奇齡，唐七律選‧卷二〔M〕//暨南大學圖書館編，中國古籍珍本叢刊‧暨南大學圖書館卷‧28，北京：國家圖書館出版社，2018：223。

歌境界上的成就是劉禹錫、白居易、張籍、王建等人無法企及的，不是他們沒有遇到「三峽星河」這種情形，而是他們的胸襟和筆法還沒有這種層次，寫是寫不來的。毛奇齡對李白詩的態度卻是保留的，其原因是「太白詩不耐入細，與三唐律法迴別」〔註130〕，認為其詩有粗豪的毛病。在《西河詩話》中，張彬（奇齡好友）表達了對李杜並稱的不滿：「李安足與杜齒？杜之藩籬，李未能窺及，況壺奧乎？（數語出元稹《杜詩序》）……天下有兩冤稱，詩人稱李杜，才人稱瑜亮。」〔註131〕當然，張彬的詩學主張和毛奇齡的詩學主張並不能劃等號，但也能看出毛奇齡在詩學上的某種傾向。毛奇齡在《唐七律選》中還是選擇李白詩「以示指趣」，選擇李白詩歌作品還是希望能夠給人以正確的示範，所以毛氏說：「然其兀之氣不可泯也。是作如生馬就羈靮，雖跳梁未免，而倍覺其駿，庸律卑縟，宜以此振之。」〔註132〕又云：「此（李白詩《鸚鵡洲》）七律變體，初唐沈詹事《龍池篇》已發其端，崔顥《黃鶴樓》便肆意為之。白于《金陵鳳凰臺》效之，最劣。此則生趣勃然矣。」〔註133〕毛奇齡雖對李白的七律頗有微詞，但還是部分給予了肯定性評價。

此外，《唐七律選》選王維作品八首，對王維的詩作評價較高。毛氏認為王維《出塞作》：「高句似成語椎煉，而無斧煆之跡。前人謂神景律如鏤金斮石，一往費力。開寶以後，便如治金削石，條條矣。讀此信

〔註130〕 （清）毛奇齡，唐七律選·卷二〔M〕//暨南大學圖書館編，中國古籍珍本叢刊·暨南大學圖書館卷·28，北京：國家圖書館出版社，2018：203。

〔註131〕 （清）毛奇齡，西河詩話〔M〕//張寅彭主編；吳忱，楊焄點校，清詩話三編，上海：上海古籍出版社，2014：787。

〔註132〕 （清）毛奇齡，唐七律選·卷二〔M〕//暨南大學圖書館編，中國古籍珍本叢刊·暨南大學圖書館卷·28，北京：國家圖書館出版社，2018：203。

〔註133〕 （清）毛奇齡，唐七律選·卷二〔M〕//暨南大學圖書館編，中國古籍珍本叢刊·暨南大學圖書館卷·28，北京：國家圖書館出版社，2018：204。

然。」〔註134〕

　　相較而言，毛奇齡對中晚唐詩人的評價不高，毛奇齡選劉長卿詩七首，雖然看似重視，但他引用張彬的話說：「讀詩至上元、寶應後，頓覺衰減，如長安貴戚，車如流水、馬如遊龍之後，一旦改換門第，人情物色，皆非舊時。惟隨州尚具少陵遺響，然亦蕭蕭矣。」〔註135〕其傾向性不言而喻。又如評價韓翃詩《送王少府歸杭州》云：「中唐至君平，氣調全卑。又降文房，數格矣。但刻意纖秀，實啟晚唐。及宋、元、初明，修詞餖事之習，此亦關運會人也。」〔註136〕君平為韓翃的字，文房為劉長卿的字，在毛氏看來，兩人是詩歌運會轉變的關鍵，氣調的卑弱纖細實影響到了晚唐，甚至開啟了宋、元、初明模擬修飾之途。毛奇齡對中唐白居易詩的評價稍高，《唐七律選》選白居易詩七律詩二十三首，僅次杜詩。毛氏云：「樂天為中唐一大作手，其七古、五律空前掩後。」〔註137〕但白居易的七律卻相形見絀：「獨七律下乘耳，然猶領袖元和、長慶間……茲擇其於卑格貧相、小家數、駔儈氣不甚浸淫者，備錄于篇，以厭時好之目，善讀者察之。」〔註138〕由此，毛奇齡強調白居易詩在中唐詩風衰變過程中還保留的一些初、盛唐詩歌的聲勢與格調，如白詩《八月十五日夜禁中獨直對月憶元九》云：「渚宮東面煙

〔註134〕　（清）毛奇齡，唐七律選‧卷一〔M〕//暨南大學圖書館編，中國古籍珍本叢刊‧暨南大學圖書館卷‧28，北京：國家圖書館出版社2018，：190。

〔註135〕　（清）毛奇齡，唐七律選‧卷三〔M〕//暨南大學圖書館編，中國古籍珍本叢刊‧暨南大學圖書館卷‧28，北京：國家圖書館出版社，2018：234。

〔註136〕　（清）毛奇齡，唐七律選‧卷三〔M〕//暨南大學圖書館編，中國古籍珍本叢刊‧暨南大學圖書館卷‧28，北京：國家圖書館出版社，2018：243。

〔註137〕　（清）毛奇齡，唐七律選‧卷三〔M〕//暨南大學圖書館編，中國古籍珍本叢刊‧暨南大學圖書館卷‧28，北京：國家圖書館出版社，2018：257。

〔註138〕　（清）毛奇齡，唐七律選‧卷三〔M〕//暨南大學圖書館編，中國古籍珍本叢刊‧暨南大學圖書館卷‧28，北京：國家圖書館出版社，2018：257。

波冷，浴殿西頭鍾漏深。」毛氏評云：「色相雖變，猶饒聲勢。」〔註139〕
如白詩《題新居寄元八》云：「誰似昇平元八宅，栽花種柳傍林泉。」
毛氏評云：「情景兼到，並饒氣調。」〔註140〕再如評價白詩《西湖留
別》云：「此首詩刻意作初唐調，不事佻子，觀首二句便見。」〔註141〕
即使有卑格貧相者，白詩仍會有些許氣勢救之，白詩《村居寄張殿衡》
云：「藥銚夜傾殘酒暖，竹牀寒取舊氈鋪。」毛氏評云：「以貧相寫貧
事，幸句練有氣，其降於杜者，尚咫尺耳。」〔註142〕即使有些地方不
合近體詩的規範，但仍是從初盛唐詩中承襲而來。白居易《得微之到官
後書備知通州之事悵然有感因成四章》其二：「衣斑梅雨長須熨，米澀
畲田不解鉬。」毛奇齡評曰：「語生調澀，仍是失拈，始知初盛沿習，
雖中晚未嘗改也。」〔註143〕毛奇齡在《唐七律選》也有直接批評白詩
的地方，認為白居易的俗化傾向仍是其弊病所在。白居易《閒居春盡》
云：「愁因暮雨留教住，春被殘鶯喚遣歸。」毛氏評曰：「雨教愁住，不
失俊語；鶯喚春歸，便似入俗。」〔註144〕毛奇齡通過這些論述其實想
說明一個問題：白居易作為中唐最有成就的詩人，仍避免不了中唐詩

〔註139〕（清）毛奇齡，唐七律選·卷三〔M〕//暨南大學圖書館編，中國古
　　　　籍珍本叢刊·暨南大學圖書館卷·28，北京：國家圖書館出版社，2018：
　　　　258。

〔註140〕（清）毛奇齡，唐七律選·卷三〔M〕//暨南大學圖書館編，中國古
　　　　籍珍本叢刊·暨南大學圖書館卷·28，北京：國家圖書館出版社，2018：
　　　　259。

〔註141〕（清）毛奇齡，唐七律選·卷三〔M〕//暨南大學圖書館編，中國古
　　　　籍珍本叢刊·暨南大學圖書館卷·28，北京：國家圖書館出版社，2018：
　　　　264。

〔註142〕（清）毛奇齡，唐七律選·卷三〔M〕//暨南大學圖書館編，中國古
　　　　籍珍本叢刊·暨南大學圖書館卷·28，北京：國家圖書館出版社，2018：
　　　　265。

〔註143〕（清）毛奇齡，唐七律選·卷三〔M〕//暨南大學圖書館編，中國古
　　　　籍珍本叢刊·暨南大學圖書館卷·28，北京：國家圖書館出版社，2018：
　　　　260。

〔註144〕（清）毛奇齡，唐七律選·卷三〔M〕//暨南大學圖書館編，中國古
　　　　籍珍本叢刊·暨南大學圖書館卷·28，北京：國家圖書館出版社，2018：
　　　　267。

風衰減所帶來的弊病。換言之，中唐詩人最優秀的詩人白居易尚且如此，那些不如白居易的中唐詩人則是等而下之。毛奇齡其實認識到了白居易等人面對初、盛唐詩的焦慮（蔣寅認為這是布羅姆所說的「影響的焦慮」〔註145〕）。毛氏在《西河詩話》中云：「蓋其時於開寶全盛之後，貞元諸君皆怯於舊法，思降為通俋之習，而樂天創之，微之、夢得並起而效之。故樂天第喜其德鄰之廣，而不事較量……夫既創斯體，已置身升降之際，使能者為之，不過舍謐就疏，舍方就圓，舍官樣而就家常；而自不能者效之，則卑格貧相、小家數、駔儈氣無所不至。幸樂天才高，縱卑貧小巧，而意能發攄，才能搏挽，才與氣能克斥布護，而所在周給，老元、短李，又何能為？」〔註146〕白居易就是因為才高，在詩歌升降的歷程中，才不會有卑格貧相、小家數、駔儈氣的缺陷，而眾效顰者則無法避免這種缺陷。毛氏間接地指出了中、晚唐詩的弊病，在詩學升降的過程中，「黃鐘大呂，鏗鎗已久。既降細響，則蝸吟蚓呻，自所不免」〔註147〕，白居易雖侵染其中，但又能超乎其外，元積、劉禹錫等人是無法與之媲美的。

其次，唐詩格調主張的上，毛奇齡的早年詩學主張和晚年的詩學主張是有差別的，主要體現在兩個方面：一是對於中晚唐詩的批評上；二是對於嘉隆七子學唐批評上。關於第一點，雖然《越郡詩選》對於中晚唐的風格持批評態度，毛奇齡評價徐中樞《上揚州》詩說：「密侯（徐中樞字）詩才思奇，上特以過劖刻，稍墮中晚，若此做法真無間矣。」〔註148〕毛奇齡雖有對中晚唐詩格調的批評，但批判只是蜻蜓點水般，

〔註145〕蔣寅，清初錢塘詩人和毛奇齡的詩學傾向〔J〕，湖南社會科學，2008（5）。

〔註146〕（清）毛奇齡，西河詩話〔M〕//張寅彭主編；吳忱、楊焄點校，清詩話三編，上海：上海古籍出版社，2014：842。

〔註147〕（清）毛奇齡，唐七律選・卷三〔M〕//暨南大學圖書館編，中國古籍珍本叢刊・暨南大學圖書館卷・28，北京：國家圖書館出版社，2018：257。

〔註148〕（清）黃運泰；（清）毛奇齡，越郡詩選・卷五〔M〕，上海圖書館藏清刻本。

一帶而過。集中體現毛奇齡晚年詩學主張的詩歌選本《唐七律選》，則對中晚唐詩的格調進行了猛烈的批評。雖然這裡是討論的是唐七律，卻也代表著對於初、盛、中、晚唐詩四個階段的不同風格的概括性評價。毛奇齡甚至認為宋元詩爭趨弇鄙之風氣源於中晚唐詩，其原因是晚年的毛奇齡在唐宋詩之爭中對宋元詩持以激烈的批評態度，因而認為中晚唐詩對宋元詩格調得影響也難辭其咎。這一點上我們可以看出毛奇齡晚年對於中晚唐詩的尖銳態度，與早年對於中唐詩格調的評價絕然不同。

　　二是，毛奇齡在《越郡詩選》對於嘉隆七子學唐鮮有評價，僅有的幾處，如對於趙廣生詩的評價：「蕃仙律高秀處媲美于鱗，然于鱗矜工此質宕，故自各到，大抵在王、李之下，錢、劉之上。」〔註149〕于鱗為李攀龍的字，為後七子的領袖，力主盛唐格調，所謂「高秀」、「質宕」，應是對於李攀龍詩格調的概括，褒獎成分居多。又如評價錢其恒的詩：「小似茂秦。」〔註150〕茂秦是後七子之一謝榛的字，「小似」應指風格、格調得相似性，其褒揚成分也是不言而喻。而晚年的毛奇齡對於嘉隆七子卻是另外一種看法，所謂「明嘉隆諸子假為唐詩，而不得三唐用意之法。徒襲其外象，有郛郭而無鍵鑰」〔註151〕，所謂「若嘉隆七子，則第倣盛唐影響，近所謂『得其郛廓』者，其於唐人刻劃沉摯、循題即事之法，全然不曉，而目為唐詩，冤矣」〔註152〕，所謂「曩時嘉隆間論詩太嚴，過於傾宋元而竟至於亡宋元」〔註153〕。要之，毛奇

〔註149〕　（清）黃運泰；（清）毛奇齡，越郡詩選·卷六〔M〕，上海圖書館藏清刻本。

〔註150〕　（清）黃運泰；（清）毛奇齡，越郡詩選·卷六〔M〕，上海圖書館藏清刻本。

〔註151〕　（清）毛奇齡，偶存序〔M〕//毛西河先生全集·序·卷三十一，清嘉慶蕭山陸凝瑞堂刊本。

〔註152〕　（清）毛奇齡，西河詩話〔M〕//張寅彭主編；吳忱、楊焄點校，清詩話三編，上海：上海古籍出版社，2014：848。

〔註153〕　（清）毛奇齡，王舍人選刻宋元詩序〔M〕//毛西河先生全集·序·卷二十二，清嘉慶蕭山陸凝瑞堂刊本。

齡晚年對於嘉隆七子「假唐詩」進行反思，認為其不得唐詩格調與精神之要領，且品目過嚴。這與陳子龍的對於七子的評價有明顯的區別〔註154〕，可以說是毛奇齡晚年對於前後七子的學唐詩弊病的理論反撥，儘管這種反撥在當時的文學批評上並無新意可言，但卻能看出毛奇齡對於唐詩格調主張的衍變，具有詩學史上的認識意義。

第四節　毛奇齡在唐宋詩之爭的心理動機因素

　　毛奇齡對的批判，其背後的動機值得探討。毛奇齡通籍之後，詩論的攻擊性明顯增強。在毛奇齡早年的《越郡詩選》裏，其對於宋詩的批判不見蹤影。而通籍之後，毛奇齡開始大張旗鼓地批判宋詩，其間的政治因素不言而喻。毛奇齡初入京城，便發現京城的詩學風向與錢塘詩人群體的詩學風尚有絕大的不同。呂留良、吳之振、吳自牧編刊《宋詩鈔》，加之王漁洋作為詩壇盟主的倡導，由此引發出的宋詩熱，京城文學之士趨之若鶩，在毛奇齡看來甚至達到一種觸目驚心的程度，所謂「流俗蠱壞，反至於此」。詩學傾向不同，爭論在所難免。《西河詩話》云：「益都師相嘗率同館官集萬柳堂，大言宋詩之弊，謂開國全盛，自有氣象，頓驚此恌涼鄙弇之習，無論詩格有升降，即國運盛殺，於此係之，不可不飭也。因莊頌皇上《元旦》并《遠望西山積雪》二詩，以示法……時侍講施閏章、春坊徐乾學、檢討陳維崧輩皆俯首聽命，且曰近來風氣日正，漸鮮時弊。今歸田有年，距向讌集時已逾十稔，而里中後進反有起而襲其弊者，何也？」〔註155〕毛奇齡對馮溥自稱門下，而馮氏對毛奇齡大加獎掖，其詩學傾向對毛奇齡的影響甚大。毛奇齡在清廷的政治統治之下，其批判宋詩風氣並不

〔註154〕陳子龍對於前後七子有高度評價：「北地、信陽力返風雅，歷下、琅琊復長壇坫，其功不可掩，其宗尚不可非也。」（陳子龍《李舒章彷彿樓詩稿序》，陳子龍《安雅堂稿》卷三，明末刻本）

〔註155〕（清）毛奇齡，西河詩話〔M〕//張寅彭主編；吳忱、楊焄點校，清詩話三編，上海：上海古籍出版社，2014：813。

是單純地從詩學發展的角度加以展開的。「隨著他出入馮溥門下，接觸到權力核心，瞭解上層統制者對詩歌的態度，他對唐宋詩的取捨就有了微妙的變化，不再是簡單的藝術趣味問題，而逐漸染上一抹政治色彩。如果說他以前崇尚唐詩還只是出於對其風調格律的喜好，那麼自從他聽到馮溥對宋詩「非清明廣大之音」的批評，便自覺地充當起主流藝術趣味的鼓吹者來，一方面對宋元詩持激烈的批評態度，一方面極力捍衛唐詩的正統地位。這正是同他的人品相應的，在當時的詩人中也顯得很突出」〔註156〕。毛奇齡甚至敏銳地覺察到清廷對宋詩的貶抑：「初、盛唐多殿閣詩，在中、晚亦未嘗無有，此正高文典冊也。近學宋詩者，率以為板重而却之。予入館後，上特御試保和殿，嚴加甄別，時同館錢編修以宋詩體十二韻抑置乙卷，則已顯有成效矣。唐人最重二應體，一應試，一應制也。人縱不屑作官樣文字，然亦何可不一曉其體，而漫然應之。」〔註157〕我們在討論毛奇齡的學術心態與康熙帝的趣味趨向時，認為其精於對於康熙帝心理的揣摩，其學術心態帶有濃重的政治色彩。而詩學傾向也有此問題的存在，這是毛奇齡大張旗鼓地批判宋詩的重要心理驅動因素。

此外還有對毛奇齡堅持唐調，堅持批判宋詩風，除了受到馮溥等人的影響，還受到施閏章的影響，施閏章提倡「溫柔敦厚」的詩風，顯然有鼓吹休明的味道，而唐詩顯然成為學習的目標所在。施閏章在《佳山堂詩序》中說：「今天子湛深古學，喜聲詩，使先生日進其所撰，豈不足以鼓吹正始也哉？嘗竊論詩文之道，與治亂終始，先生則喟歎曰：『宋詩自有其工，采之可以綜正變焉。近乃欲祖宋元而祧前古，風漸以不競，非盛世清明廣大之音也。願與子共振之。」〔註158〕

〔註156〕 蔣寅，清初錢塘詩人和毛奇齡的詩學傾向〔J〕，湖南社會科學，2008（5）。
〔註157〕 （清）毛奇齡，西河詩話〔M〕//張寅彭主編；吳忱、楊焄點校，清詩話三編·西河詩話提要，上海：上海古籍出版社，2014：841。
〔註158〕 （清）馮溥，佳山堂詩集〔M〕//《清代詩文集彙編》編纂委員會編，清代詩文集彙編29，上海：上海古籍出版社，2010：511。

錢謙益則在《施愚山詩集序》謂愚山之詩「鏘然而金和，溫然而玉詘」〔註159〕，符合隆平盛世之「溫柔敦厚」。我們從施閏章的《佳山堂詩序》中就明顯地看到其嗅覺的敏銳，他之所以勸說馮溥要為清廷鼓吹正始之聲，鼓吹清明廣大之音，當然有他的動機所在。實際上，後來他在實踐和理論上都承擔起了這種「共振之」的使命。毛奇齡《唐七律選序》對施閏章編選唐詩的原因和經過有所說明：「前此入史館時，值長安詞客高談宋詩之際，宣城侍讀施君與揚州汪主事論詩不合，自選唐人長句律一百首以示指趨，題曰《館選》。其祗選長句律者，以時尚長句也。其曰《館選》者，以明代論詩尊主事而薄館翰，故特標舉之，以雪其事也。既而侍讀死，其手寫選本同邑高檢討受而藏之，增入百餘首，仍曰《館選》。當是時，同館諸官有爭先為宋詩者，檢討嘗曰：『侍讀作《館選》，非館閣也。貧不能受邸，假宣城會館而魁居之。會館所選，其敢借館閣為昭文地哉？』」〔註160〕這裡的汪主事應該指的是汪懋麟，曾因徐乾學之薦，由刑部主事入史館充纂修官。汪懋麟是王士禎的門生，其性格「內倔強」〔註161〕，「性狷急，不能容物」〔註162〕。汪懋麟嘗說：「近世言詩者多矣，動眇中晚，必稱初盛，追摹漢魏，上溯三百篇而後快，於宋人則云無詩，何有金元。噫！所見亦少隘矣。」〔註163〕其學宋傾向較為明顯。施閏章與性格倔強汪懋麟論詩不合，施閏章主張唐音，這是是施閏章編《館選》的直接原因。

其更大的背景則是清廷政權日趨穩定，時間點為康熙十七、十八

〔註159〕（清）錢謙益著；（清）錢曾箋注；錢仲聯標校，牧齋有學集·中〔M〕，上海：上海古籍出版社，1996：760。

〔註160〕（清）毛奇齡，唐七律選序〔M〕//毛西河先生全集·序·卷三十，清嘉慶蕭山陸凝瑞堂刊本。

〔註161〕（清）趙執信，談龍錄〔M〕//（清）王夫之等撰；丁福保輯錄，清詩話〔M〕，北京：中華書局，1963：315。

〔註162〕（清）計東甫，百尺梧桐閣集序〔M〕//（清）汪懋麟，百尺梧桐閣詩集，清代詩文集彙編·151，上海：上海古籍出版社，2010：340。

〔註163〕（清）汪懋麟，宋金元詩選序〔M〕//（清）汪懋麟，百尺梧桐閣文集，清代詩文集彙編·151，上海：上海古籍出版社，2010：244。

年前後，距三潘之亂平定的時間（康熙二十年）已為時不遠。而此前王士禛大力提倡宋詩，其時間點據蔣寅考證，大約在康熙十五、十六年間〔註164〕，由此煽動的宋詩風向全國流行開來。而當干戈未寧，政局未穩之時，施閏章認為這時的文學作品應該具有「獨風詩為盛，貧士失職之賦，騷人怨憤之章，宜其霞蔚雲屬也」〔註165〕的風格特徵。而當國家隆盛，政局穩定之時，這時的文學作品則「風雅遞變，義歸正始，率多清明廣大，一唱三歎之遺音焉」〔註166〕。而宋詩非「盛世清明廣大之音」，如朱彝尊所說「唐人之作中正而和平，其變者率能成方；迨宋而粗厲噍殺之音起」〔註167〕，由此施閏章反對宋詩的流行，主張溫柔敦厚的唐音，藉以反映清廷治下日趨清明穩定之局面，這是施閏章編《館選》的深層動機所在。

施閏章卒於康熙二十二年（1683），其手寫選本由同為宣城人翰林院檢討也即愚山好友高詠所藏。毛奇齡於康熙二十五年（1686）請急南歸，高詠將另外手寫一本付與毛奇齡。歸里之後，毛奇齡研經不暇，無心吟詠之事。而詩歌風向隨時遷轉，「然而世尚遷變，向之舍唐而為宋、為南渡者，今復改而為元、為初明」〔註168〕，所謂詩風「自趨流弊，翻就污下」，「彼不讀書者，每稱吾為宋元，不為三唐，則蘇、陸、虞、趙、高、楊、張、徐原深論唐詩，極為趨步，其言不足道。而即矯枉之徒，必欲張元白以表宋元，揚王杜以祖何李，皆不必然之事也」〔註169〕。當然這是毛奇齡從詩歌的內部因素加以探討，其編選唐七律

〔註164〕 蔣寅，王漁洋與康熙詩壇〔M〕，北京：中國社會科學院出版社，2001：31。

〔註165〕 （清）施閏章撰，施愚山集·1〔M〕，合肥：黃山書社，2014：115。

〔註166〕 （清）施閏章撰，施愚山集·1〔M〕，合肥：黃山書社，2014：62。

〔註167〕 （清）朱彝尊，劉介於詩集序〔M〕//曝書亭集·卷三九，四部叢刊景清康熙本。

〔註168〕 （清）毛奇齡，唐七律選序〔M〕//毛西河先生全集·序·卷三十，清嘉慶蕭山陸凝瑞堂刊本。

〔註169〕 （清）毛奇齡，唐七律選序〔M〕//毛西河先生全集·序·卷三十，清嘉慶蕭山陸凝瑞堂刊本。

是沿著施閏章未竟的《館選》而來，所謂「因就侍讀所選本而大為增損，約錄若干首，去《館選》之名，而題之曰《選》。既不必與主事校，而同館出入，並無得失，侍讀、檢討抑亦可以自慰矣」〔註170〕。

　　毛奇齡在其他文中也幾次提到溫柔敦厚之詩旨，如《吏部進士候補內閣中書王君墓誌銘》云：「既而厭之，于是有創為宋元之學者，舉凡宋元之嗟形葳貌，嗷嘽不堪者，而反襲之為金科，全失三百以來溫柔敦厚之旨。」〔註171〕王君為王先吉，卒於康熙二十七年（1688），因而這篇墓誌銘寫於毛奇齡歸田之後，顯然有受施閏章影響的因素。因而，毛奇齡在唐宋詩之爭中力主唐音在後期是受到了施閏章的直接影響。

　　毛奇齡的唐宋詩之爭從心理動機的層面上，也有意氣用事的成分，毛奇齡的身上要保留著明末意氣黨爭的因子。毛奇齡晚年與李塨的書信承認自己這方面的缺點：「舊年接札，并收所寄胐明刻書，深伏足下心氣和平，且以無太過激規我不足，此真古人良友。僕生平卞急，不能鎔化，且當辨論得失，惟恐其說不伸，倍加氣力，此學問不足處也。」〔註172〕李塨是顏元的弟子，篤志潛修，心態較為平和，他也曾勸毛奇齡與他人學術爭論是做到「無過激」，但毛奇齡因懼爭論不能獲勝，因而意氣相爭。

　　毛奇齡的意氣成分不僅表現在言語的爭論辯駁上，有時爭執不下，甚至拳腳相向。據全祖望《蕭山毛檢討別傳》：「其於百詩則力攻之，嘗與之爭不勝，至奮拳欲毆之。西河雅好毆人，其與人語，稍不合即罵，罵甚繼以毆。一日，與富平李檢天生會於合肥閣學座，論韻學。天生主顧氏亭林韻學，西河斥以邪妄。天生秦人，故負氣，起而

〔註170〕（清）毛奇齡，唐七律選序〔M〕//毛西河先生全集·序·卷三十，清嘉慶蕭山陸凝瑞堂刊本。
〔註171〕毛奇齡，吏部進士候補內閣中書王君墓誌銘〔M〕//毛西河先生全集·墓誌銘·七，清嘉慶蕭山陸凝瑞堂刊本。
〔註172〕（清）馮辰纂；（清）惲鶴生校；孫鍇重修，李恕谷先生年譜·卷三〔M〕//陳山榜點校，李塨集·下，北京：人民出版社，2014：1791。

爭，西河罵之。天生奮拳毆西河重傷，合肥素以兄事天生，西河遂不敢校。聞者快之。」〔註173〕顧亭林為「清學開山之祖」〔註174〕，著有《音學五書》、《韻補正》等音韻學等著作。李因篤從顧亭林學習音韻學，也有音韻學之作。李因篤在音韻學主張上與毛奇齡持不同意見，遂有上述奮拳毆打之局面。因而我們可以看出毛奇齡負氣求勝的性格因素。

毛奇齡性不喜蘇詩，而有人認為他與蘇軾很像，他卻不以為然。〔註175〕王士禎《漁洋詩話》：「蕭山毛奇齡大可不喜蘇詩，一日復於座中訾謷之。汪蛟門懋麟起曰：「竹外桃花三兩枝，春江水暖鴨先知云云。如此詩亦可道不佳耶？「毛怫然曰：「鵝也先知，怎只說鴨？」王士禎這裡不置可否，其口吻暗寓嘲諷。而《漁洋詩話》其他條目中，王漁洋卻稱讚坡詩：「『蔞蒿滿地蘆芽短，正是河豚欲上時』，非但風韻之妙，蓋河豚食蒿蘆則肥，亦如梅聖俞之『春洲生荻牙，春岸飛楊花』，無一字泛設也。」〔註176〕漁洋詩學核心理論為「神韻」，標舉一種清遠簡淡、興會神到、渾然天成的詩歌審美境界。這裡的「風神」二字也是對於蘇詩能夠體現「神韻」這一理想審美境界贊許。由此得知漁洋對於這場爭論的態度平心而論，汪氏不是否定唐詩的價值，認為唐詩和宋元詩各存其長，採取相對通達兼收之態度。汪懋麟在《宋金元詩選序》曾做了一個形象的比喻，唐詩如「粟肉布絲，金犀象珠」，「足以利民用而濟其窮」；而宋元諸詩則是「異修奇錦，山海罕怪之物，味改而目新」〔註177〕。

〔註173〕（清）全祖望，蕭山毛檢討別傳〔M〕//（清）全祖望撰；朱鑄禹匯校集注，全祖望集匯校集注，上海：上海古籍出版社，2018：988～989。
〔註174〕梁啟超，中國近三百年學術史〔M〕，上海：上海三聯書店 2006：48。
〔註175〕（清）毛奇齡，西河詩話〔M〕//張寅彭主編，清詩話三編‧2，上海：上海古籍出版社，2015：859。
〔註176〕（清）王士禎，漁洋詩話〔M〕//（清）王夫之等撰；丁福保輯錄，清詩話〔M〕，北京：中華書局，1963：191。
〔註177〕（清）汪懋麟，宋金元詩選序〔M〕//（清）汪懋麟，百尺梧桐閣文集，清代詩文集彙編‧151，上海：上海古籍出版社，2010：244。

　　袁枚《隨園詩話》:「東坡近體詩,少蘊釀烹煉之功,故言盡而意亦止,絕無絃外之音,味外之味。阮亭以為非其所長,後人不可為法,此言是也。然毛西河詆之太過。或引『春江水暖鴨先知』,以為是坡詩近體之佳者。西河云:『春江水暖,定該鴨知,鵝不知耶?』此言則太鶻突矣。若持此論詩,則《三百篇》句句不是:在河之洲者,斑鳩鳲鳩皆可在也,何必『雎鳩』耶?止邱隅者,黑鳥白鳥皆可止也,何必『黃鳥』耶?」〔註178〕袁枚認為毛奇齡詆宋詩太過,假若拿《詩經》之《關雎》、《綿蠻》篇來比較的話,《詩經》的作者寫到「關關雎鳩」、「綿蠻黃鳥」,何必定是「雎鳩」、「黃鳥」?其實,毛奇齡在事後論及到這一爭論時,心態平和了很多,他說:「嘗在金觀察許,與汪蛟門舍人論宋詩。舍人舉東坡詩『春江水暖鴨先知,正是河豚欲上時』,不遠勝唐人乎?予曰:『此正效唐人而能者。『花間覓路鳥先知』,唐人句也。覓路在人,先知在鳥,以鳥習花間故也。此『先』,先人也。若鴨則先誰乎?水中之物,皆知冷暖,必先以鴨,妄矣!且細繹二語,誰勝誰負?若第以『鴨』字、『河豚』字為不數見,不經人道過,遂矜為過人事,則江鰍、土龜皆物色矣。』時一善歌者在坐,觀察顧曰:「詩貴可歌詠,若『河豚』句,似不便詠吟,試倩善歌者歌之,能脫嗓否?各笑而罷。」〔註179〕毛奇齡這裡提出了詩歌創作和審美的標準:雅正得體、含蓄蘊藉、不著邊際,而「兩宋佻嗲」〔註180〕,與此審美標準大異其趣。具體到蘇東坡之詩,其正是效法唐詩而未能,唐人有「花間覓路鳥先知」之句,正因「鳥在花間」,所以「先知在鳥」,而水中之物皆知冷暖,何必是鴨?

　　錢鍾書認為毛奇齡在這裡「頗能詭辯」,且認為袁枚「所駁亦未為

〔註178〕（清）袁枚,隨園詩話·卷三〔M〕,北京:人民文學出版社,1982:71。

〔註179〕（清）毛奇齡,西河詩話〔M〕//張寅彭主編,清詩話三編·2,上海:上海古籍出版社,2015:815～816。

〔註180〕（清）毛奇齡,龍山祝矜刪詩序〔M〕//毛西河先生全集·序·二十五,清嘉慶蕭山陸凝瑞堂刊本。

不是，惜尚非扼要」〔註181〕。因為東坡的題目是《惠崇春江晚景》，這是一副圖畫，「是必惠崇畫中有桃、竹、蘆、鴨等物，故詩中遂遍及之」，所以「西河未顧坡詩題目，遂有此滅裂之談」〔註182〕。錢鍾書又引王闓運《湘綺樓日記》云：「上上絕句，人盡知之，而固陵毛氏獨不謂然。凡長於言理者，言詩則往往別具肺腸，卑鄙可笑。」〔註183〕王氏云毛奇齡論詩「卑鄙可笑」，錢鍾書認為王氏苛責過度，「直是文理欠通耳」〔註184〕。錢鍾書對於毛奇齡詩論的評價甚為確當，當然我們從毛奇齡的心理動機方面來論證，想必更有說服力，毛奇齡本是文人習氣，在《西河詩話》裏，錢謙益成了眾人諷刺嘲笑的對象。其實在心理層面上來講，也可以看出毛奇齡的意氣爭勝的一面。

要之，從與汪懋麟的爭論中，可以看出毛奇齡在清初唐宋詩之爭的意氣用事，當然我們不能就此指謫其不懂詩藝，毛奇齡這種好辯的性格，我們不能僅僅簡單地停留在嘲笑諷刺的層面上，因為「他的詩論彷彿都是與人辯論的記錄，隨處可見其好鬥的姿態和帶有火藥味的激烈批判，因而較多地保留了當時的詩學語境。這一特徵使他成為與詩壇風氣關係最密切的一位詩人」。〔註185〕

〔註181〕錢鍾書著，談藝錄〔M〕，北京：生活‧讀書‧新知三聯書店，2001：551。

〔註182〕錢鍾書著，談藝錄〔M〕，北京：生活‧讀書‧新知三聯書店，2001：551～552。

〔註183〕錢鍾書著，談藝錄〔M〕，北京：生活‧讀書‧新知三聯書店，2001：552。

〔註184〕錢鍾書著，談藝錄〔M〕，北京：生活‧讀書‧新知三聯書店，2001：552。

〔註185〕蔣寅著，清代詩學史‧第 1 卷〔M〕，北京：中國社會科學出版社，2012：547。